加納 劫
Kano Tsutomu

土の矢羽根

――混乱の室町期を逞しく生きた男

風詠社

目次

装幀　２ＤＡＹ

土の矢羽根——混乱の室町期を逞しく生きた男

浄念坊覚正とその素姓

東に聳える比叡の山並みの遙か上方の青空に、一段と映える雲が浮かんでいた。彩雲《さいうん》と呼ばれるものだろうか。淡い黄緑色、薄い桃色、赤味がかった薄紫色、それに黄色を帯びた白色のそれぞれの細い雲が、羽根の軸のような雲にくっついていた。昨日見た晩夏の青空に浮かんだその雲を再び眺めることを望んで、太陽が傾き始めた頃、東南の空に眼をやった。まだ時刻が早いからだろうか、彩雲は浮かんでいない。珍しい雲なので再び見ることは出来ないのかも知れない。

耳を澄ませば法師蝉（ツクツクホウシ）の鳴き声が、暑さを連想させる油蝉の声より勝るようになった。

浄念坊覚正《かくしょう》は京《みやこ》の三条通にほど近い洛中、壬生《みぶ》の町から南北に走る堀川通を上り、二条油小路《あぶらのこうじ》を更に上った。壺を載せた小さな荷車は軋んだ音を立てている。昔、二年間程、勤めた赤松満祐公の邸宅跡近くを進んでいた。今は満祐公の縁者が新しく邸《やしき》を建てて住んでいる。風が吹き付けると死人が放つ腐乱臭が、運ばれてくる。餓死した遺体が近くに横たわっているのだろう。そのようなことを感じながら二十年以上も前に味わった凄惨な出来事を思い重ねた。身体が一瞬、震えた。

南北に長い室町通に入ろうとして幅が一間半程の細い道を歩いた。思った通り、痩せ衰えた男女が一人ずつ、仰向いて絶命していた。食べ物を長期間、摂ることが出来なかったのだろう。齢は男が三十代、女は二十代に見える。夫婦だろうか。口を開けたままの容貌は如何にも気力が弱くて、善良そうに見える。

「成仏《じょうぶつ》しなされや」と、覚正は思わず小声で言って合掌した。心の中で般若心経《はんにゃしんぎょう》を唱えた。若い頃、寺に仕えた時に覚えた経文が蘇った。

二人の死者のことを考えると、武家の邸《やしき》へ酒を送り届けようとしている我が身は恵まれている。日々の食べ物は口へ運ぶことが出来る。それは年に二回、酒を造る仕事が叶えられ、他の酒屋と同じように銭貸《ぜにが》し業を兼ねているから出来るのである。酒屋と銭貸し業は浄念坊覚正の表向きの生業《なりわい》なのである。

生業を続けていくのに酒屋役《さかややく》という高額の税が課せられている。酒壺一台に付き百文であり、十台を有する酒屋なら一阡文、即ち一貫にもなる。徳政令発布を求める一揆が企てられる。室町幕府が迎え撃ち、鎮めることが出来なくなると容易《たやす》く分一《ぶんいち》徳政令を出すことになる。銭を貸した者、借りた者のどちらかが、早くその額の十分の一の銭を幕府に支払った方の思い通りになる。酒屋や銭貸しを主な生業とする土倉《どそう》の方が早く支払っても、貸した金と利子は回収出来るものの、十分の一という額は損をする。

幕府を率いる足利将軍家とそれを支える武将達は、自身と一族の繁栄だけを追い求め、支配されている人々の生活を潤すことには思いが及ばない。そのように考えると、覚正の心の中には夏の大空に膨れ上る雲のように、不平・不満が増大してゆくのだった。

やがて酒を届ける斯波《しば》氏の親戚の邸が前方に見え始めた。斯波氏の本家の邸はその向こう右手の森の中にある。東西が一町半、南北も一町半近くの広さがある。それと比べると、親戚筋の邸はその四分の一くらいだろうか。

室町通に面した表門横には二人の番人が、長短二振《ふたふ》りの刀を差して右と左に別れて立っていた。二人とも獲物を狙う鷹のように眼光が鋭い。

「壬生馬場《みぶばんば》に住む酒屋・浄念坊覚正でございます。御注文のお酒を届けに参りました」と、腰を屈めて丁寧にお辞儀した。

「おお、そうか。それならまずそこに刀を置け」と、門の左に立つ小肥りの男が指示した。覚正は地面に数打《かずう》ちと呼ばれる町人が自衛用に携える安価で軽い刀をゆっくりと置いた。荷車に載せた濃い茶色の重い壺を持ち上げて番人に渡そうとした。

「そのままで良い、荷車に置いておけ。品定めをする。真《まこと》に酒かどうか、毒が入っておらぬか確かめる」と、濁声《だみごえ》を響かせた。

命じられた通りに覚正は従った。番人は鼻を壺に近づけて中に入っているものが酒であるかどうかを、犬のように嗅いだ。

「浄念坊とやら、少し飲んでみよ。毒が入っておらぬか調べたい」と、番人は険しい目付きを覚正に放った。

覚正は自分で造った清酒《すみざけ》を口に含んだ。

「暫く、そのまま立っておけ」と、番人は覚正に身体的な変化が起きることを期待するような表情を浮かべた。二人の番人は覚正を注意深く見詰めた。身体の変化など起きる筈はない。

「よし、ならば荷車ごと預かるゆえ、ここで待っておけ」と、番人は大きな声で言った。

邸の玄関前にいる別の番人が、荷車を受け取りに門近くへやって来た。やがて食事の具材などを扱う采女《うねめ》が玄関前に現われた後、大きな建物の裏に姿を消した。厨《くりや》（台所）は邸の西の奥に位置しているのだろう。

壺は次回に来る迄、預けておくのだが、荷車が戻される迄、覚正はその場で佇《たたず》んだまま二人の番人に感付かれないように、瞳を頻りに動かせた。瞳は塀の高さを確かめ、玄関の広さを想像し、番人など警護に携わる者の動きを見定めた。その時、覚正は酒屋・銭貸しとしての浄念坊の屋号を捨てた別の顔を心の中に覗かせたのだった。

番人を含めた警護を担《にな》う者達の立居振舞はかなり機敏な様子に見える。相手にすると手強い、と咄嗟に判断した。

「浄念坊、さあ、返すぞ」と、その番人は声を尖らせた。

覚正は丁寧にお辞儀をして謝辞を述べた。

乾燥したかすかに涼しい風を受けて歩くことは、心地が良い。少し遠回りになるのだが、荷車を引きながら、南へ烏丸《からすま》通を頂法寺・六角堂の近くへさしかかった。今では女房の叔母夫婦が鮮魚を商っているのだが、女房の実家が遠くに見える。そこへは寄らずに細い道を東へ進んだ。鉄が磁石に引き付けられるように、覚正は新しい材木の香りが放たれている方角に歩を進めた。路上に製材した板が並べ置かれ、家が建てられるようだった。

「覚正さんか」と、耳慣れた透明な声が聞こえた。

「ああ、檀佑《だんゆう》さんか、仕事、ご苦労じゃな」と、覚正は人足《にんそく》に何やら指図をしている番匠《ばんじょう》（大工）の棟梁《とうりょう》を務める友を認めて返事した。

「町家《まちや》を建てなさるのか」と、尋ねた。

「そうじゃ」と、檀佑は答えて、日焼けした首を縦に振った。

建築現場は今から一日の始まりの作業に入るように見えた。既に太陽が真南を通過して一時《いっとき》半（約三時間）が経《た》つ未《ひつじ》の中刻頃だった。

「今から作業を始めなさるのか」と、不思議に感じて尋ねてみた。

「なあに、朝早《はや》ようから取りかかるつもりじゃったが早《はや》よう来てみたら、飢え死にした遺体が三体あっての。そこの共同井戸に水を飲もうと這いながらやって来て、命が尽きたのだろうよ。それで人足にそれらを道端へ放《ほ》うり出すように儂は言うたのじゃが。『そんなことをしたら死人は成仏《じょうぶつ》出来ずに鬼になるやも知れん。儂らは祟られよう』と、あの者達が口を揃えての。だから、暫くの間、侍所の承仕《しょうじ》（下働きの者）らしい者を捜して、その者に上奏して貰《もろ》うての。それでついさっき遺体を引き取って貰うたのよ。供養《くよう》して成仏させたら、多分、鳥辺野《とりべの》へでも捨てるのだろうよ」と、檀佑は澄んだ声で建築作業が遅れた経緯を告げた。

「ふーん、仲々、良いことを檀佑さんはなされたのじゃな」と、覚正は感心しながら人足へも眼をやった。

作業中の怪我から身体を守るためだろうか、筒袖《つつそで》と袴のような動き易い身なりをした屈強そうな三人の人足が、資材を敷地内へ移動させていた。

「酒を配達しての帰りかの」と、檀佑は荷車を見て尋ねた。

「そうよ。往きは儂も飢え死んだ男女を二人、見申した」と、覚正は不快なことを思い出して言った。

「それは難儀じゃったの。最近、米の値が上っておろ。米を運ぶ馬借《ばしゃく》（運送業者）が良からぬ賊に道を塞がれて、京へ思うように運び込めぬらしい。それにここ数年は冬でも暖《ぬく》い日が多いので、虫が増えて野菜を喰い尽くしよって。被害が大きゅうなって、その分、値が跳ね上り銭のない者は気の毒よの」と、檀佑は飢餓による被害者に同情を寄せた。

「政治《まつりごと》をする義政公（足利第八代将軍）が、きちんと国を治めようとせんからこうなるのじゃろ」と、覚正は心に蟠《わだかま》っている不満を吐き出した。

「しっ。お役人に聞こえたら大変ぞ。浄念坊」と、檀佑は自分の口に人差指を当てて覚正を制止する仕草をした。

檀佑は民家を建てるための地面に据えた礎石《そせき》の位置とその高さを確かめていた。礎石の数と大きさから四軒長屋を建てることを覚正は想像した。

京《みやこ》では食糧難により大勢の人々が命を失っている。だが、京での便利な生活に心を動かされて畿内から流れ込んで来る人々が絶えない。

往来に立って覚正は檀佑と三人の人足の作業をじっと見ていた。

「浄念坊さん、儂はもう少しでここを切り上げられるので、夕餉《ゆうげ》前に一献《いっこん》、傾けぬか」と、檀佑は右手の親指と人差指で盃を形作った。

「そうじゃな、儂の家で軽くやりませぬか」と、覚正は声を弾ませた。

「ひと足、早《は》よう帰って儂は酒の準備をしようぞ。檀佑さん、いらっしして下され」と、覚正は言って立ち去った。女房の満津《まつ》に「檀佑さんが儂と酒杯を交わしたい、と言うてな」と、酒を嗜む口実を告げることが出来るのを内心、喜んだ。

東西に走る蛸薬師《たこやくし》通を西へ進んだ。小さな車輪を取り付けた長櫃《ながびつ》をひっくり返して、売り台にしている野菜売りがいた。干物《ひもの》を座ったまま売る座《ざ》売りの塩干物屋が、道行く人々に購買意欲を掻き立てる言葉を投げかけていた。

「只今から、皆様方に大安売りでござる。店《たな》をしまう刻限迄の奉仕売りでござる。鯵の一夜干しは如何かな。越前で獲れた味を三尾買《こ》うてくれれば一尾をただでお付けしようぞ」と、張りのある声を放っている。

「さようか、奉仕売りか。それなら買おうぞ」と、覚正は座売りの言葉に軽く乗った。

座売りの商人は床几《しょうぎ》に腰を下ろしたまま鯵を四尾、竹の皮に包み、木を薄く削って作った紐で結んだ。覚正は早く家でそれらを酒の肴《さかな》として味わいたい衝動に駆られた。

店《たな》に戻ると玄関で帰ったことを満津に告げた。

「お帰りなされ」と、十三歳になる息子の真魚《まお》の声が聞こえた。息子の声を確かめてから、覚正は荷車を勝手口の方へ、建物の外伝いに移動させた。珊瑚樹《さんごじゅ》の太い幹に麻綱で荷車を結わえた。店の前の往来へ荷車を止めておくと盗まれ易いので、そのようにしている。

板間に上り壁側に安置した高さ二尺位で蓮の葉を形どった蓮弁《れんべん》の上に立つ大日如来立像《りゅうぞう》に手を合わせた。宝冠を頭に戴き珠玉の装身具を付けた宇宙最高の仏に、覚正は餓死者の魂が癒されることを願った。

真魚は酒造りの間《ま》と呼んでいるひと間の広い空間で、床几にじっと座っていた。

「先程迄、店番《たなばん》をしてくれていたのか」と、覚正は息子に尋ねた。

「はい、お客が四人、薄清《うすずみ》と清酒《すみざけ》を買いに見えました。それと一人、銭を借りに。銭の方は母《かか》さんがとりなしてございます」と、真魚は清らかな川水が流れるように淀みなく、覚正が外出中のことを伝えた。

「そうか、そうか」と、覚正は首を小さく縦に振った。

「あっ、それとつい先程、弥助《やすけ》さんとか言う方が父《とと》さんを訪ねて参りました。また後程、見えるそうです」と、真魚は教えた。

「うっ、弥助とな」と、覚正は口籠もった。

「何用かな」と、心の中で言った。

夫が帰宅したので満津は十五歳になる礼美《れみ》を連れて外出した。夕餉の食材を求めて立売《たちうり》が大勢、商いをしている上京《かみぎょう》の方へ出かけたのだった。そこでは商人達が自《みずか》ら育てた野菜や川で獲った魚介類を、太陽光を遮る日傘《さえぎ》の下で立ったまま売っている。文字通り「立売り」している。「上立売《かみたちうり》」や「下立売《しもたちうり》」という地名の由縁になる。

清酒、薄清それに濁り酒が入った色の異なる壺を見渡した後、小さな勝手口から身体を屈めて入会地《いりあいち》へ出た。そこは近隣の者達と共同して使っている空き地である。覚正は火きり棒を使って火を起こし油紙に火を移した。かんてきの中に紙を入れその上に細かく砕いた木片と炭を載せて団扇《うちわ》で煽《あお》いだ。パチパチと音を立てて少しずつ火が広がっていった。

「父さん、弥助様が見えました」と、真魚は勝手口から顔を覗かせた。

「おお、そうか、裏へ回るように伝えてくれ」と、覚正は指示した。

「覚正さん」と、弥助は切り出したのだが、顔を強《こわ》ばらせてその後の言葉が続かない。

「何じゃな」と、覚正は立ち上って弥助が言い出し易いようにゆっくりと、表情を綻《ほころ》ばせた。

「そのー」と、弥助は口を開いた。

「大きな声では言えぬのか。ならば耳打ちしてくれ」と、覚正は弥助が用件を伝え易いように長身の身体を屈めた。

「秋五郎殿が不正を働いておるようじゃ。先《せん》だっての品物を売り捌く役目の勘造殿には金箔の舞扇《まいおうぎ》と掛け軸を渡しておらぬかと儂は思うとる。多分、自分でくすねたんだろう」と、五人の部下のうち二番目に若い十九歳の弥助は声を震わせた。

覚正の心の奥底に月の鈍い光を受けた白波が荒く岸へ押し寄せるかのようだった。

十日前に五条富小路通《とみのこうじどおり》にある武家邸《やしき》へ最年長で二十六歳になる秋五郎、三歳年下の朝之進、それに弥助の三人で押し入った。銭の在り処《か》が分からず刀や他の品物を奪った。覚正は急用のために陣頭指揮は出来ず、年長の秋五郎を頭に委《ゆだ》ねた。押し入った翌日、盗品についての報告を七条・下魚棚通《しもうおたなどおり》の路上で、立ち話を装う恰好《かっこう》で秋五郎から受けた。その内容をすぐさま小さな紙に覚正は書き留めた。硯箱、墨、筆、それらが略奪品の全てであり、金箔の舞扇と掛け軸は知らされていない。多額の銭をもたらせてくれる高価な品物がなかった。覚正は実入りの少ない時がある、と考えて、その時は諦め顔を見せた。

だが、昨日、弥助は勘造の家を訪れた。仕えている武家の邸で同じ下男を務める男から貰った葡萄《ぶどう》を「お裾分け」するためだった。弥助は今回の押し込みでは、銭が入った壺や木箱を見つけることが出来なかったことを悔いた。

「じゃが、金箔の舞扇と掛け軸が高額な品と思うので、結構な値がついたじゃろ」と、弥助は古物商へ売り捌く役目を演じた勘造に尋ねた。勘造は秋五郎からそれらを渡されていない、と説明した。

「んっ」と、弥助は驚きとも不可思議ともとれる表情を一瞬、浮かべた。やがて、それは秋五郎への疑念へと変化した。

盗賊の頭目《とうもく》である覚正に秋五郎の行為を伝えるべきかどうか、相当、思い悩んだようだった。

「隠し事はしてはならぬ。分け前は皆、折半ぞ」との覚正の常日頃の言葉に、弥助は勇気付けられて秋五郎の不正を告げにやって来たのだった。

「そうじゃったのか。よう教えてくれた」と、覚正は弥助が着ているつるばみ色（濃い灰色）の薄い麻地で出来た小袖の肩を二度、軽く叩いた。覚正に励まされて弥助は鬱積した心の中に五月の乾いたそよ風を通したかのようだった。

「はて、どのようにしてこの件に取り組めば良いのかの」と、今度は弥助に代わって覚正が重い気分になった。檀佑がもうすぐやって来る。そう思うと、覚正は変わり身の速さを自身に求めた。

「さて、弥助、鰺の干物を焼いておるので、持って帰らぬか。脂《あぶら》が乗り美味しそうな匂いじゃろ」と、覚正は弥助に美食への誘いの言葉を送った。

「ようござるのか」と、弥助は恐縮した表情になった。

「なあーに構わぬ。一人暮らしは何かと面倒よのう。竹の皮に包んでやろうぞ。家で食べる時に、すだちを絞るようにな」と、覚正は表情を崩した。

弥助がこの場所に長居せず、檀佑と顔を合わさないことを覚正は望んだ。檀佑に目の前の若者のことを尋ねられることは避けたい。

弥助が去るとすぐに檀佑は仕事着のままやって来た。

「ええ匂いがするのう。表の通り迄、魚の焼ける匂いが満ちておる。魚を狙う猫のように抜き足、差し足で参ったぞよ」と、檀佑は「酒屋・浄念坊」の裏地にやって来た。冬以外は今日のように二人は裏地で盃を傾けることにしている。

覚正は鯵の干物をもう一尾焼いた。網を火から少しずらせて不安定ながらも、焼きむらがないように気を付けた。皿に焼き魚を載せて身をせせるという作法に適《かな》った食べ方はしない。網の上にある焼き魚を箸で突つくようにして身をほぐして口へ運ぶ。鯵のようなありふれた魚は下品な食べ方をする方が美味しく食べられる。

「蚊に吸われないように煽ぎなされ」と、覚正は火を起こす時に使っている幾筋も破れた団扇を檀佑に手渡し、酒を注いだ。

「ふーっ、こうやって風を浴びながら酒を汲み交わすのは極楽じゃな。鯵を貰うて良《え》えかな」と、檀佑は箸をとった。時々、焼き魚の脂が勢いを失った炭の上に落ちる。その度にジュッと小さな音を立て焦げた煙が立ち上《のぼ》った。

「相変わらず美味なる酒じゃな、浄念坊さんの造るのは。かつて畠山氏《はたけやま》の親戚筋に当るお邸《やしき》の一部を手直しした時、祝いとして柳酒《やなぎざけ》を貰うたのじゃが、それと比べても負けてはいないのう」と、眼を細めて檀佑は言った。柳酒とは京随一《みやこ》の酒と評価され、五条坊門西洞院《にしのとういん》通の南西角に大きな酒蔵を構える酒屋である。京に住む大名はこぞって柳酒を贔屓《ひいき》にしている。そのような檀佑の褒《ほ》め言葉を覚正は、自ら醸《かも》し出した酒と共に喉を潜《くぐ》らせた。檀佑が京で一番高価な柳酒を口にしたのは、もう五年も昔のことになった。今尚、その時の味が忘れられない。

「どうどす、景気は」と、覚正は黒く焦げた魚の皮の味が口に広がるのを感じながら尋ねた。

「借金で身動き出来んようになった武家が自分で小さな邸や家を焼いては、何処かへ行《へ》く方をくらましておる。その都度、番匠の元締めをする座《ざ》には仕事が入るのじゃが、儂のような貧しい番匠には大きな仕事は回って来《こ》ぬわ。だから儂は主に民家を建てておる。よって建物が貧弱ゆえ費用も少のうて、利幅《りはば》も小《ちい》そうてな。僅かな実入《みい》りで家族がやっと生活出来る程度じゃな。もともと酒屋を建てるのが儂の仕事じゃったのによ。酒屋はこれ以上は増えぬかと思うとる。浄念坊を建てた頃が懐かしい」と、檀佑は言って一気に清酒《すみざけ》を呷《あお》った。

「ふん、ふん」と、覚正は頷いた。

「浄念坊さんは儂の眼には優雅な暮らしをしていると見えるがの」と、檀佑は何かを言外に含んだような表情を浮かべた。

「本職の酒造りと銭貸しを兼ねておろ。その他に何か実入りがあるかも知れぬな」と、小柄で筋肉質の番匠は上目使《うわめ》いに言った。

覚正は檀佑が言おうとしていることに心の揺れを悟られないように平静を装った。檀佑は夜半に自分の姿を見たのかも知れない。武家や公家の邸に忍び込む際、様々なお面を被っているのだが、と不思議がった。檀佑が切り出したことを話題に選ぶことはまずい、と考え、不運にも命を絶った人々のことを話し出した。

「檀佑さんの現場にも飢え死にした人々の遺体があったのじゃろ。儂も今日、二人の遺体を見たのじゃ。ほんに気の毒よの。毎日のように京で大勢の人が死んでるのは。儂は思うのじゃが、餓死者は余りにも生きることに淡白な人が多いのではなかろうかの」

「そうかも知れぬが、銭がないから食べ物を口に出来なかったのじゃろ」と、檀佑は答えた。

「彼等と比べれば儂達は恵まれておるわい」と、続けた。

「生きることに心を専念すれば、働かねばならぬ。働いて銭を稼がねば、と思わなんだのかな。飢え死んだ人達は」と、檀佑は覚正の考えも取り入れた意見を述べた。「弱かったのだろうて、性格が。浅かったのよ生きることへの執着が」と、覚正に同意して結論付けた。

「悲しいのう、檀佑殿」と、覚正は彼等への憐憫《れんびん》の思いを吐き出すように、声を荒げた。

民の生活に心を配ることなしに自分と一族の幸福だけを追い求める将軍家と大名の有様に覚正は、不愉快の渦を身体に巻き付ける。

「いったい、将軍は何を考えておるのか。これだけ町に住む人が死んでおるというのに」と、覚正の今日の酒は怒りを導いている。

「花の御所に鎮座《ちんざ》しておる義政将軍には、町の人々や百姓の生活などに砂粒程の関心もなかろう。苦しみも分かるまい。確か、永享六年（一四三四年）生まれゆえ、二十八歳か将軍様は。贅《ぜい》を尽くして女御《おなご》と楽しく暮らしておるのじゃろ」と、檀佑は将軍の日常を思いやった。

「ほんに、安易に生活しておるのかのう」と、覚正も足利将軍の生活を想像した。

「将軍と言うても足利幕府はもともと弱いだろうて。幕府を開いた尊氏公は自分の味方を集めるために、有力武将に広い土地を与え過ぎたろう。それゆえ将軍家よりも石高《こくだか》の多い大名家が幾つも出来上ったのよ。気前が良い性格でもあったらしいが。だけど、尊氏公が亡くなれば、それらの大名は後継ぎの将軍の命令には従わないものよのう。ほれ、あんたも覚えておろ、義政公の父《とと》・義教《よしのり》将軍が大名の赤松満祐《みつすけ》に殺されたのを」と、檀佑は言って箸で鯵の身をせせった。

それは嘉吉《かきつ》元年（一四四一年）に起きた「嘉吉の変」と呼ばれている。覚正は赤松満祐の命令を受けた息子による第六代将軍・足利義教公謀殺事件に居合わせたのだった。そのことを誰にも他言していない。その血生臭い事件は覚正の生き方を変える程、心を揺るがせ闇のように漂っている。檀佑にはただ頷いて聴き耳を立てているように振るまった。

「浄念坊さん、ご馳走になって有難とうよ。そろそろ、お暇《いとま》するかの。そ、そう、これは酒糟で漬けた白瓜の漬物じゃ。夕餉にでも家族で食べて下され」と、檀佑は言って大きな熊笹の葉を数枚ずらせて重ねたものに包んだ漬物を差し出した。

「おーおっ。これはいつも結構なものを戴いて恐縮しようぞ」と、覚正は立ち上って丁重にお辞儀した。

その時、妻の満津がかんてきを使おうとして勝手口から二人の前に現われた。まだ残り火が燻っているので、わざわざ新しく火を起《い》こす手間が省ける。満津はそのようなことを快活に言った。覚正から白瓜の漬物を受け取った。

「檀佑さん、いつも気の利いたものを戴いて感謝致しまする」と、頭をぴょこんと下げた。檀佑は満津のお辞儀する姿を可笑しく感じたのか、首を小さく縦に振ってにこやかな表情を浮かべた。

覚正は素早く二人のささやかな宴席の場を片付けた後、満津と娘の礼美《れみ》が夕餉の仕度をする迄、酒造りの間《ま》に入った。晩夏の太陽の熱が建物の外壁に鈍く張り付いているのが、屋内からも感じられる。小さな床几に座って酒造りの間と自ら呼ぶ広い部屋で酒の豊潤な香りを楽しみながら、秋五郎のことを考えた。秋五郎が金箔の舞扇と掛け軸を私物化したことは本当だろう。深刻な弥助の表情は覚正に伝えるべきかどうか、思い悩んだことはその通りだろう。秋五郎に質《ただ》す前に盗品を売り捌いた勘造に、品目に誤りがないかどうかを確かめることを考えた。軽い酔いが全身に回っていた。

「うまく処置してこれ迄通り五人の集団を維持せねば。仲間割れが生じると、去る者が出て我等の行ないが他言されるやも知れぬ。そのようなことは断じて避けねば」と、自分に言って聞かせた。板間に安置している真言密教・最高仏の大日如来立像の端正な姿を想像した。将来に待ち受けているかも知れない困難から我が身が癒やされることを祈った。

「父《とと》さん、夕餉でご座います」と、髪の毛を薄茶色の麻布で桂包《かつらづつ》みにしている礼美が耳元で言った。その声で覚正は現実に引き戻された。

「夢だったのか、夢で良かった」と、自身に呟いた。

夢の中では覚正は夜の帷《とばり》に包まれて暑い風を受けながら、訪れたことのない神社の境内に佇《たたず》んでいた。すると正面に本殿が現われた。やがてそれは鳴動し始めたのだ。周りの樹木の木梢《こずえ》がかすかな物音を立て、僅かに動いている本殿に呼応して揺れ出した。覚正は暫くの間、月の光を受けた社殿を見続けた。確かにその建物はかすかに震動しながら、音を立てていた。時々、町の人々が噂する話は本当なのだ、と自身を納得させた。足利尊氏公が弟の直義《ただよし》公を討とうとして近江へ進軍した時、糺《ただす》の社《やしろ》(下鴨神社)が鳴動したことが伝えられている。

覚正は現実の酒造りの間に戻った。床几から立ち上って二、三歩、歩み始めると足がもつれた。

「父さん、大丈夫でございますか」と、礼美は気遣った。

「有難とよ。酒を飲んでええ気分になって寝入ってしもうた」と、夢見心地の頭を利き手の左手で軽く叩いた。

玄関には店《たな》売り用のほんの小さな棚を設けて小さな酒壺を十ばかり並べてある。その奥の板間で家族四人が起居している。更にその奥には起居する部屋の半分位の広さの板間がある。水瓶を置いて一尺（約三十センチ）程低くなった土間で出来た台所がそこに繋がっている。

板間で小さな膳を人数分、並べて夕餉を摂った。膳には金山寺味噌、胡瓜と檀佑からの白瓜の糟漬、にらと麸入りの澄まし汁と強飯《こわめし》（現在のご飯）が載っている。

「檀佑さんに貰うた白瓜の糟漬は美味しそうじゃ。その分、今日は豪奢《ごうしゃ》な夕餉じゃ」と、満津は顔を綻ばせながら三人を見渡した。

「今日も満津に礼美、真魚、ご苦労じゃった」との覚正の言葉に続いて、一斉に食事をし始めた。白瓜の糟漬は濃い酒の味と香りがそのシャキシャキした歯触りと共に、強飯によく合っている。

「ほんに白瓜は美味しゅうご座いますなあ」と、真魚は味に満足している様子だった。

「あんた、また不吉なことが起きそうな噂が飛び交《こ》うてるの、もう耳にした」と、満津は澄まし汁に入れたにらを箸でつまみながら、覚正に尋ねた。

「尊勝《そんしょう》神社が昨晩、鳴動したらしいの。数人の人が目撃して聞いてるの」と、不安な面持ちになった。

尊勝神社は覚正達が住む壬生馬場《みぶばんば》から西へ三町程の所にある。境内ではよく傀儡師《くぐつし》が人形劇を演じたり、曲芸師達が人目を驚かせる軽業《かるわざ》を披露したりしている。

「そうか、それは知らなんだ」と、覚正はぽつりと返事した。

「神社や寺が物音を立てたり、小刻みに揺れると災《わざわい》が起きる、と友達から聞いたことがご座います」と、真魚も話題に加わった。

「三年前の八月に小曽根神社が燃えたのを覚えてるかえ真魚」と、礼美は弟に尋ねた。真魚は返事に窮した。

「あの時は火事がその神社のすぐ近くの民家から起きたのじゃな。付け火（放火）じゃった」と、覚正は記憶を辿った。神社の鳴動は不吉なことが起きることを知らせる神の意志の表われである。

「じゃあ、神様は今度も付け火だと知らせてるのかえ、尊勝神社近くで」と、満津は単純に想像した。

「いつも、付け火ではなかろうて。じゃが、気を付けねばのう」と、覚正は言って金山寺味噌を強飯に載せ、箸で掬うようにして口へ運んだ。

「売ってくれるか、酒を」と言う声が店先《たなさき》から聞こえた。

「へーい、待っておくれやす」と、覚正は声を張り上げた。三十代後半に見えるよく肥った男の一見《いちげん》の客だった。「濁り酒を一合」と、客は小さな酒壺を携えていた。

覚正は素焼の漏斗《ろうと》を壺の口に置き、一合枡《ます》にいっぱい入れた濁り酒を流し落した。客は浄念坊の酒が美味であることを伝え聞いて、買い求めに来たことを別れ際に話した。

「また、いらっして下され」と、覚正は後ろ姿にお辞儀をしながら言った。

店の玄関の戸には押して開ける小さな窓を切っている。建物の西半分を占める酒造りの間にも四つの小さな窓がある。北側と東側にもそれぞれ三つずつ小さく押し開ける窓が付いている。それらの窓を通して外の明るさを建物内に取り込んでいる。それらの明るさから判断して申《さる》の中刻《ちゅうこく》（午後五時頃）になろうとしているのが分かる。日暮れ迄にはあと一時《いっとき》（約二時間）近くはあるだろう。

夕食後、満津と礼美は十間（約十八メートル）程離れた共同井戸へ器などを洗いに行った。覚正は板間に置いた壺の中に保管している銭を数えて、貸付額に誤りがないかを確かめた。その後、長櫃《ながびつ》の蓋を開け担保として預かっている品物を確認した。それらは返却予定、保管、それに売却という形態をとる。日課なのである。それから、銭を貸した際、客と交わした証文の束を注意深く繰った。

覚正の店《たな》の屋号は浄念坊と呼んでいる。「坊」は寺の子院《こいん》に付けるものだが、他の多くの酒屋も「……坊」を名乗っている。寺の子院の中には大勢の僧を抱え、活動を続けるには多額の銭が必要なので、酒を造りそれらを売ることにより銭を得るものがある。そのことから酒屋が自分達の店を寺の子院である共通語の「坊」を付けたようである。

今から二十年程以前の嘉吉年間には京《みやこ》には四百二十軒程の造り酒屋があった。しかもそれらの多くは銭貸し業を兼ねた。酒を造って売り更には銭貸しを営むもので、さぞ裕福に違いない、と地下人《じげにん》と呼ばれる京に住む一般の人々には思われる。だが、そんなことはない。覚正に関して述べるならば、長女が他家に嫁いでいるので今は親子四人が食べ物に困ることがない程度で暮らしているに過ぎない。

副業の盗賊を働くことから得る実入りは、僅かにしかならない。小遣銭に思える。物盗りを企てるのに費やす時間や準備する装束《しょうぞく》や小道具などの経費を差し引くと、手取りは思いの外、少ない。押し込みの頭目を務めることにより貧しい若者の面倒を看ている、と考えると何故か、心が満たされる。彼等は全員、生業を持ってはいるものの、その実入りだけでは生活するのが不充分であろう。将来、祝言を挙げて妻と暮らすには、少しでも多くの銭を得て蓄えねばならない。そうするには本業以外の他の仕事が必要となる。そのような若者に助け舟を出すことを覚正は望む。

それに富は常に偏るものである。それ以上所有することが不要と考えられる人々に、銭は集まりがちに見える。少しでも富は分散されねばならない、と覚正は確信する。だから贅《ぜい》を尽くして生活する人々から、財産のほんの一部を掠《かす》め取り、それを売り捌いて換金し、若者と山分けしている。

外が急に暗くなってきた。

「あんた、雨、夕立ち」と、満津は言って共同の井戸端で洗った器類を木箱に入れて、戻って来た。すぐに礼美が続いた。屋内に入って満津は手拭で薄茶色の小袖の肩や胸を拭いた。

覚正は汚れてもいない玄関を箒で掃き、店棚《たなだな》を雑巾掛けした。酒壺は柔らかな綿布で乾拭《からぶ》きして僅かばかりの埃を除いた。その綿布は明国《みんこく》で織られて国内にもたらされたものである。国内では綿布は作られず、麻を使っている。将軍家や皇族、それに富裕な大名は綿布を愛用する。覚正が使う綿布は麹《こうじ》の仕入れ先である北野天満宮から貰ったものである。綿布は肌触りがやさしく、汗をよく吸いとる。

そうこうしているうちに長かった夏の終わりの一日に、太陽が安らぎを告げ始めた。やがて西山《にしやま》に光の玉を隠すかのように沈んで行った。

板間の部屋には薄い麻布を敷布団として用い、親子四人が夢路を辿り始めた。覚正と真魚は下帯のまま、腹部には手拭を三枚、重ね合わせたものを腹巻きとして用いている。満津と礼美は下着として着る小袖よりも薄いものを身に着けている。

地下人や百姓も覚正達と同じように太陽が西の空に憩う頃には、眠る準備をする。朝は日の出と共に眼を覚ますのが一日の過ごし方なのである。暗い夜を明るく照らし出す灯明《とうみょう》の油や蠟燭《ろうそく》は彼等には不要であり、贅沢品に思える。

覚正は夕立ちの後、涼しくなった屋内で深い眠りへ導く扉を開けて奥へ入ろうとした。明朝は花の御所の侍所《さむらいどころ》へ承仕《しょうじ》を務める勘造を訪れることにしている。承仕とは町や村の人々に彼等の生活や出来事について、聞き合わせなどをすることを主な任務とする最も下位の役人である。夜盗の頭目が夜盗を取り締まる幕府に勤める部下の若者に会う。そのように考えると緊張感が酔いの醒めた身体を足元から駆け上ってくるように感じた。

二足の草鞋《わらじ》を履いて

花の御所の玄関では辺りを見渡して、いかにも落ち着きのない表情を浮かべることは避けねばならない。素姓を見破られてしまう。商いに課せられる酒屋役《やく》という税と土地にかけられる地子税《じしぜい》を納める善良な浄念坊覚正を演じれば良い。そのように考えて室町幕府を営む花の御所に着いた。名前と居所《いどころ》、それに用件をうす汚れた木簡《もっかん》に書いた。紙は高価なので墨さえ消せば何度でも使える木を薄く削った木簡を用いているのだろう。薄暗い待ち合い室の板間に座って待っていた。半時《はんとき》（約一時間）は待っただろうか。

「浄念坊覚正、来ませい」という係の声が発せられたので、声の方向へ歩み出した。木の薄い板を組んで作った受付けの向こう側で三十代前半に見える係の役人は、大きな床几に座っていた。

「お前が浄念坊覚正なるか」

「はい、左様でございます」

「承仕の勘造は今頃は百万遍《ひゃくまんべん》か、その近くの東大路《ひがしおおじ》通に居《お》ろう」と、役人は教えた。

「次は……」と、係は覚正に長くは係わっていられない様子だった。覚正のすぐ後に続く人物の名前を読み上げた。その侍に勘造の立ち寄り場所を詳しく聞き出すことは出来そうにない。

花の御所から十一町（約千二百メートル）程、東に離れた百万遍へ急いだ。今出川《いまでがわ》通を鴨川の方角へ歩いていると、高下駄を履き長刀《なぎなた》と刀を携えて鎧《よろい》で上半身を固めた三十人ばかりの衆徒の一団と擦れ違った。黒の僧衣と白い頭巾《ずきん》を被った険しい人相の男達が通り過ぎるだけで、覚正は自《みずか》らが威圧されるのを感じた。花の御所へ押しかけて強訴《ごうそ》するのだろうか。憎々し気な風貌の衆徒達が一斉に長刀《なぎなた》を構え、役人達に自分達を利する要求を突き付けて脅すのだろう。幕府の役人達の苦労加減を垣間見る思いがした。

萎《な》えたように沈んだ気分のまま東へ歩いて行った。眼前に勘造の姿を認めた。

「浄念坊殿なるか」と、勘造も覚正に気付いて改まった名前を呼んだ。覚正には空々しく響いた。

弥助が指摘した秋五郎による不正を勘造に質すには、このような広い往来は憚《はばか》られる。通りを北へほんの少し上った所に樹蔭が広がる神社がある。そこへ勘造を導いた。本殿の裏の人気《ひとけ》がなく薄暗い所で声をひそめた。

「本当のところはどうなんじゃ」と、覚正は穏やかに尋ねた。

勘造は率直に事情を告げることをためらっていた。やがて、上半身を小刻みに震わした。心の緊張状態が限界に達していることを示していた。

「委細をあるがままに言うてくれぬか。さすれば気分が楽になろうぞ。どうなのじゃ。秋五郎一人が掠《かす》め取ったのか」と、覚正は勘造の口から吐き出される言葉を予想した。

「隠し事をしたり嘘をついたり、自分だけ得を追い求めては駄目じゃ。我等は一味《いちみ》神水《しんずい》を誓《ちこ》うたではないか。起請文《きしょうもん》を書いたろう。神様に嘘をつかぬことを皆で誓《ちこ》うたの。起請文を焼いた灰を酒に溶かせて飲んだじゃろ。覚えておろう、んっ」と、覚正は勘造に鋭い視線を投げた。

「秋五郎とつるんだのか。儂がその場にいなかったので誤魔化そうとしたのじゃな」と、覚正は核心に迫っていった。口調はそれとは反対に一層、落ち着き払っていた。

勘造の口唇が震え始めたかと思うと、わっと声を出して泣き始めた。覚正は暫くの間、勘造が泣くのに任せた。

「この頃の若者はよう泣きよるわい。弱いからのう」と、覚正は心の中で呟いた。

二人が佇んでいる傍に膝くらいの高さで、周囲に縁石を配置して土を盛った灌木の植え込みがある。そこには明るい太陽光を必要としない木々が植えられている。その縁石に勘造の腰を下ろさせた。

「儂がその夜、皆を指図する頭目として押入ることが出来なんだから、魔がさしたのか」と、覚正はゆっくりとした口調で尋ねた。

次第に勘造は泣き声を鎮めていった。やがて普段の穏やかさを取り戻した様子だった。

「どうして金箔の舞扇と硯箱を掠め取ったのじゃ、二人で」と、覚正は質した。

「そ、そっ、それは」と、勘造は心の乱れを表わした。

「幕府の侍所に勤めて遣い走りをするも、給金がどんどん少のうなっとる。それで暮らしが日を追うて苦しうなって」と、言って再び、泣声に戻った。

「『将軍義政公が贅を尽くすから幕府は貧しゅうなって、給金を充分、払えのうなった』と、人は言うが、それは間違《まちご》うとるかもな。国々が納める税が少のうなってるのが、直接の原因よ。それぞれの大名は百姓等から沢山の米、絹、紙など絞り取っておる。なのに足利幕府に充分、納めずに蓄えて値上りする時を作り出しとる。値上りするようにしむけてそれらを一斉に売っては私腹を肥やしとるのよ」と、勘造は自暴自棄になったように言った。

「銭が欲しかったのでやむにやまれず、悪いこととは知りながら、やってしもうた」と言って泣き崩れた。

覚正は勘造の肩を軽く叩いた。

「棟梁、儂、クビになるのじゃな、一味神水に背《そむ》いたから」と、勘造は神妙な表情を漂わせた。

暫くの間、覚正は考えて口元ににこやかさを浮かべた。

「なあーに、お前さえ良ければずーっと儂の仲間でいて良《え》えんだ」と、明るい声で答えた。

覚正の慈愛に満ちた判断を聞いて、最も恐れていたことが空高く雲間へ消え入るように勘造は感じた。

正直に事実を語った勘造の心根《こころね》に覚正は、清々《すがすが》しさを感じた。すると、それ迄は聞こえなかった野鳥の鳴き声が、急に一斉に覚正の聴覚を楽しませるのだった。斑鳩《イカル》、鵯《ヒヨドリ》、雲雀《ヒバリ》などが時を同じくして鳴き始めたように感じた。猫の声が聞こえたかと思うと、「ジェイ、ジェイ」という鳴き声に変化させて、木の間《こま》を飛び立つ鳥がいた。悪戯心を持ったその鳥は他の動物の鳴き声を真似た後、飛び去る直前に自分の正体を周りに知らせる習性を持った懸巣《カケス》という鳥である。そのような野鳥の性質に覚正は微笑んだ。

空けていた店のことが急に気になりだした。満津、礼美それに真魚はうまく切り盛りをしているだろうか。そんな思いを抱いて壬生馬場《みぶばんば》にある自宅へ急いだ。秋五郎はその後に見つけ出すことにしよう。

店の玄関では両刀を差した一人の武家が、借り出そうとする額の上積みを満津に求めていた。

「それらの香炉《こうろ》ではこれが精一杯でございます」と、満津は頭を下げた。

「それと利率は香炉の類《たぐい》について幕府のお定めになった通り月《つき》六文子《もんし》、約月《やくづき》は二十箇月でございます」

「儂は二十箇月も銭を借りるつもりはない。二十箇月も借りれば利子は借りた銭の三・二倍にもなろうぞ。すぐに返す故《ゆえ》、もう少し借りる銭を奮発してくれ」と、その武家はじれったい表情だった。

「その材質の香炉ではこの額が相場でございます」と、満津はひたすら心を鎮めて応対した。

覚正は端で二人のやりとりを聞いていた。満津による査定は覚正にも説得力がある。

「そうか、ならばそれで良い。証文を書け。早く」と、武家は望みが叶えられなかった不満を、ぞんざいな命令口調で言うことにより緩めるかのようだった。

「あんた、証文を書いてくれるかえ」と、夫が戻っていることに気付いて頼んだ。覚正は武家と貸借について委細を確かめた。

「貸借金　五百文也《なり》　返納金　八百文也　返却期日　寛正六年（一四六五年）四月末日　利子月六文子　複利　貸付日数　八箇月　預り品　香炉五品」それが内容だった。

「僅か八か月、銭を借りて利子は借金の六割にもなるのか。おい、酒屋、浄念坊、ボロい商いよな。ふん」と、蔑《さげす》んだ感情を眼に込めた。

「幕府がお決めになった利率で商《あきの》うてございます。決して手前の勝手ではございませぬ。それに徳政令を出されると酒屋が支払《しはろ》うた貸付金は、戻っては参りませぬ。分一徳政令だと貸付けた銭の十分の一は幕府が没収致します」と、覚正は商いの理不尽さを訴えた。その侍は将軍を補佐する管領を務める畠山《はたけやま》氏に仕える三十代初めの人物だった。

「ふん」と、武家は鼻で返事をして背を向けた。

「あんた。店に居て下されや。私だと、お客に軽う扱われてしまう。店に居て下され」と、満津は覚正に念を押すかのようだった。

「んっ、うん」と、覚正は間が悪そうだった。

一時《いっとき》（約二時間）、店番《たなばん》をした。

「夕餉迄には戻ろうぞ」と、満津に断わって壬生馬場をあとにした。

「もう、あんた」と、満津は呆れ顔だった。

下京（洛中の南部）は西大路九条で百姓を務める秋五郎は、野良仕事の他に自分で育てた野菜を売る振り売り商人を兼ねる。天秤棒《てんびんぼう》の両端に作物を詰めた籠を吊して町中を歩いて行商をする。歩く道順は大体、決まっている。時刻もそれに呼応する。未《ひつじ》（午後二時頃）の頃は四条綾小路《あやのこうじ》通を大きく迂回して家路に急ぐ途中で、七条辺りに居るに違いない。

振り売り商人は七条よりも北にある四条界隈《かいわい》へは入らない。そこでは大中小の店《たな》が粗末な店構《たながまえ》ではあっても、家賃を家主に支払って商いを営んでいる。だから、売る品物は商うのに元《もと》手《で》がかからない振り売り商人の品物より、遙かに割高になる。振り売り商人を四条地域に入らせないことにより、商いを保っている。店《たな》を構える商人は振り売り商人よりも、お客からは強い信頼を得ている。常に同じ場所で店《たな》を構えることは信用をもたらせる。

急ぎ足で覚正は南へ下って行った。七条西大路へさしかかった。幼児を広い往来で遊ばせている若い女がいた。つるばみ色の麻布を腰に巻き付けている。

「振り売りの秋五郎と言う名の男がここを通ったか、ご存知ないかの」と、覚正は腰を少し屈め、視線を低くして尋ねた。

「秋五郎」と、女性は首を少し傾《かし》げて怪訝な表情を浮かべた。もう少し下って二、三人の女に尋ねた。誰も秋五郎を知らなかった。毎日、大勢の振り売りが行き交うので、彼等の顔と名前とが一致しないのだろう。

更に下って九条西大路に着いた。路上に幾つも置かれた床几に座って楽しそうに語り合っている老人達に、秋五郎の家の場所を尋ねた。以前に一度、訪ねたことはあるのだが、集落の様子が変わっている。町家が数軒、新しく建て替えられているので容易に特定出来なかった。

集落全体に人糞の臭いが漂っている。畑が広い場所を占めるので肥料として人糞を撒いているからだろう。秋五郎の家の板戸を三回、弱く叩いた。何度も強く拳《こぶし》で叩くと敷居から外れる位、みすぼらしい板戸に見えた。

「誰ぞ」と、中から甲高い声が聞こえた。正しく秋五郎だった。

戸が開いた。急にかびと何かがすえたような臭いが屋内から外へと漂い出して、覚正の嗅覚を突き刺した。

「家の中で話すのは……」と、覚正は言って秋五郎の右の袖を摑んで外へ出るように誘った。

棟続きの家なので隣家の住人が二人の話を聞き知ることが出来る。家の南側に胡瓜やにらの畑が広がっている。

「畑へ下りる所にでも座ろうか」と、覚正は指示した。秋五郎は大きな眼に神妙な心持ちを込めた。覚正の質問の内容を心に思い描いているようだった。覚正は辺りの様子を知ろうとして視線を左右に放った。

「今回の仕事のことじゃが、何ぞ儂に知らせておらぬ品《しな》があろう」と、覚正は切り出した。秋五郎は表情を崩さず答えようとはしない。

「金に困っていたからか」と、返事がし易いように誘い水を向けた。秋五郎は口を閉じたままだった。

「どうじゃな」と、覚正は質《ただ》そうとした。すると、秋五郎は急に不貞腐れた表情を顔一面に表わした。

「ふん、どうにでもせい」と、悪態をついて立ち上った。制止しようとする覚正の左手を振り解いて、小走りに家へ入ってしまった。これ迄、そのような態度を秋五郎は見せたことはなかったので、覚正には大きな驚きだった。秋五郎は再び、外へは出て来なかった。

「やめるかも知れぬな、我等の組を」と、覚正の心の中に暗い霧がたちこめた。夜盗の組を解散しなくて済むように秋五郎を引き留めねばならない。そんな思いが覚正の中に大きく広がった。すると西大路通を自分の家へ向かっていた足が自然と、磁力を持つ岩に砂鉄が引き付けられるように秋五郎宅へ再び、戻っていた。

「秋五郎、外へ出て来ずとも良い。また一緒に仕事をしようぞ」と、屋内にいる秋五郎に聞こえるように大声で言った。

すっかり暑さを脱ぎ去った太陽が十日間程、大空を照らしたかと思うと雨の日が続いた。京《みやこ》を囲んで聳える西山《にしやま》や北山《きたやま》の地域では、雨天の後に松茸が至る所で顔を覗かせた。松茸は痩せた土で育つ赤松の周りに生える。それらの地域の住人は普段から枯れ木や枯葉を焚き付けなどに用いるために取り去っている。だから、山々は土が肥えてはいない。松茸が育ち易い状態にある。

銭を持たない人々は松茸や他の茸《きのこ》を求めて山へ分け入る。それらを奪い合い、時には殺傷事件を引き起こす。そのようなことを耳にすると覚正は自分の周辺では、食物に困る者が出ないようにとの思いを一層、強めた。

「秋五郎が耕す畑には野菜が充分に育っているのだろうか」と、気遣った。その思いは弥助や勘造へと向かった。秋五郎より二歳年下で清水寺の境内で蕎麦《そば》がきを立売りする朝之進《ちょうのしん》、それに一歳年下で十八歳になる丞太《じょうた》は充分、食べているだろうか。丞太は荷物の運送人を務め、銭を貯めて馬を買うことを望んでいる。そうすれば馬借《ばしゃく》になれる。馬の背から荷を両側に吊り下げて運ぶ運送人である。

覚正は次の物盗りを考え始めた。勘造と秋五郎によるいかさま事件が次回の取り組みを遅らせているのは、明らかだった。

本業に勤《いそ》しむ浄念坊覚正

九月二十日の日だった。太陽が南の空を進んでいた。「大変だあっ」「危ない」「逃げろっ」などの常ならぬ言葉が飛び交《か》った。覚正は往来へ出てそれらが何を示すのかを確かめようとした。満津は店《たな》に留まり礼美と真魚が覚正に続いた。三条と四条の間にあり鴨川寄りの地域である錦小路《にしきこうじ》一帯が、土一揆を引き起こす農民達に付け火されているとのことだった。

覚正はその地域は遙か南西方向にあるので、住んでいる壬生馬場《みぶばんば》は、今すぐに延焼されることはないだろう、と直観した。やがて幕府軍が鎮めようと現地に駆けつけるだろう。だが楽観は出来ない。

「店《たな》の玄関を閉め、裏の勝手口も固めようぞ」と、覚正は家族に声を張り上げた。

この土一揆を指導している者が幕府に徳政令発布を求めるか否かが、覚正の関心事だった。もし分一《ぶんいち》徳政令が発布されれば、酒屋や土倉《どそう》という銭貸し業者は、いち早く幕府に十分の一の銭を納めて貸した銭を客から取り戻さねばならない。客の方が早ければ銭貸し業者には貸した銭は戻らず、大損を被《こうむ》ることになる。明日、明後日に大きな通り道や町角に長い木の棒の先に、とり付けた大きな高札《こうさつ》が立てられるかも知れない。墨で書かれた文言を見つけると、銭貸し業者は身体が氷漬けされたようになる。

「満津、お前は真魚と共に土一揆の様子を見に行ってくれぬか。儂と礼美で店は守ろうぞ」と、覚正は言うなり武家が携える刀よりも薄くて軽い安物の数打《かずう》ちと呼ばれる刀を二人に渡した。

「任せよ」と、満津は頼もしく答えて真魚を従わせた。早く土一揆という反乱軍が幕府軍により追い払われるか、とり押さえられ、しかも分一徳政令が発布されないことを、覚正は願った。

徳政令が最初に発布されたのは二十四年も昔の嘉吉元年（一四四一年）のことだった。第六代将軍・足利義教《よしのり》公が斬首《ざんしゅ》された後、京《みやこ》の主《おも》だった武将達が暗殺者を追って、西国《さいごく》へ軍を進めた時だった。京《みやこ》の警護が弱くなったのを見定《みさだ》めて、土一揆が津波のように京《みやこ》の北東、近江《おうみ》の国から押し寄せたのだった。幕府は虚を突かれて暴徒を鎮めることが出来なかった。彼等の要求に押し負かされて借金を棒引きにする徳政令を発布することを約束した。そうすることにより一揆を丸め込んだ。酒屋や土倉が利用者に貸し出した銭が回収出来なくなり、借り手が負債から免れた。これ程、理に適わぬことはない。覚正はその時、国を治める幕府の日和見的な無能さを心の底から憤ったのだった。

一時程《いっとき》すると真魚が帰って来た。満津は錦小路《にしきこうじ》が見渡せる所にいて、真魚が去った後の町の有り様《さま》を見届けるとのことだった。

「幕府軍が勇ましう農民達や馬借《ばしゃく》（運搬業者）に挑《いど》んで、鴨川の東へ追い払《はろ》うておりました。

お武家様は仲々、頼もしう思えまするな」と、覚正と礼美に知らせた。

「父《とと》さん、先立《せんだ》って小曽根神社が動いて音を立てたのは、土一揆が起きるとの神様のお告げだったのかも知れませぬな」と、礼美は眉間《まゆま》に皺《しわ》を寄せた。

「そうかも知れぬな」と、覚正は相槌を打った。

半時《はんとき》程経って満津は顔を赤らめて家族の前に現われた。

「火は今頃は鎮《しず》まってるかも知れませぬな、町家を焼き尽くして。焼け出された人には悪いけど、通りが広うて家が建つ区域が仕切られてるから、他の所へは延焼しないようじゃね」と、満津は少し安心した様子だった。

「武家が活躍したようなのか」と、覚正は声に明るさを込めた。

「そう、中に凄い勇ましい武将がいなさってのう。一人で二十人位の刀や槍を持った百姓の集団に斬り込んで蹴散らしてしもうたんじゃ。こうやっての」と、満津は武将の奮戦振りを手足を使って真似た。

満津と礼美、真魚は土一揆の恐怖を報告し合った。覚正は幕府軍が毎回、土一揆勢を撃退することを切《せつ》に願った。撃退出来れば土一揆勢の主張を受け入れることはない。そうなれば分一徳政令は出されない。

和やかさを取り戻した頃、家族を家に残して、覚正は同じ町にある自然《じねん》坊という中規模の酒屋を訪ねた。自然坊は覚正が営む小規模な酒屋を二十軒ばかり纏めて世話役を務める。自然坊に今日の土一揆が酒屋や土倉に災禍をもたらさないことを願っていることを伝えた。

夕刻近くになって京《みやこ》では洛中、洛外にある幾つもの酒屋で寄合いがもたれた。今日の土一揆について情報を交わし合い、善後策を講じるために、同業者が密に連絡し合って、一堂に会した。

覚正も自然坊へ赴いた。薄暗い板間で身体を寄せ合って座った。自然坊の主《あるじ》は焼失した地域の状況報告には焦点を当てずに、幕府への対応の仕方に力点を置いた。明日、主は他の世話役と共に花の御所へ陳情に行くので、今夜中に各酒屋は上質の酒を主の元へ持って来るように指示した。諸大名の武将の働きで今日は幕府に有利な状況なので、明日は土一揆を壊滅出来るように早朝に申し入れるとのことだった。鎮圧出来るならば徳政令を発布することはない。

だが、予断は許さない。その時、文《ふみ》が届けられた。「柳酒の中興様《なかおき》が納銭方一衆《のうせんがたいっしゅう》の一員として、侍所の長官・伊勢殿に徳政令や分一徳政令はお出しにならぬように、申し入れたそうじゃ」と、文の内容を主は伝えた。

覚正は他の参会者と同じように頷いた。安堵感が美酒を嗜んでいるように、ゆっくりと身体を巡り始めた。大丈夫だろう、と両隣りの酒屋と共に言い合って気分を和らげた。

二日経っても京中の大きな通りには徳政令の高札は立てられなかった。

「父《とと》さん、良うございましたな」と、真魚は声変わりした低い声で言った。

「今回は大丈夫だろうて。これで落ち着いて商《あきな》いに励めるのう」と、覚正は穏やかさを取り戻した。

「母《かか》さんから教えて貰《もろ》うたのですが昔は分一徳政令ではのうて、単なる徳政令を幕府は出したのでございますな」と、真魚は室町幕府の政治に興味を示したようだった。

「その通りよ。それで酒屋や土倉が貸し付けた銭が回収出来んようになって、商いが無理になってな。銭貸し業者は幕府に税を納められんようになってしもうたに。それで今度は幕府が困ったのじゃ。幕府は実入りを増やそうと思い付いて分一徳政令という姑息なことを編み出しての」

「その分一徳政令を出して花の御所は潤《うるお》うたのでございますか」と、真魚は幕府の内情を知ろうとした。

「うーん」と、覚正は即答をためらった。

「多分、豊かではなかろう。土倉役《どそうやく》という税が足利幕府をかなりの部分、支えてるのじゃが。取り引きの十分の一の金額を納めさせても、土倉が益々、貧しうなるからの。商人を富ますことをせなんだら幕府は困窮しようぞ」と、覚正は答えた。

「では誰が得をするのでございますか」と、真魚は理解が及ばない表情を浮かべた。

「土一揆を起こす者よ、百姓や馬借ぞ」と、覚正は結論付けた。真魚は政治《まつりごと》に興味を示した。将来は浄念坊の後継ぎとしての自覚を自らに育《はぐく》んでいるのだろうと、覚正は感じて眼を細めた。

壬生馬場の自宅からすぐ北西を北へ延びる千本通からは、北に衣笠山が緑色の麻布をすっぽり被っているように見える。その傍には鹿苑寺《ろくおんじ》金閣の鬱蒼とした森が広がる。それらはあとひと月もすれば、黄色や赤色の鮮やかな木葉《このは》で飾られるだろう。そんなことを思い描きながら覚正は酒の配達から家へ戻った。

「あんた、つい先程、米屋さんが見えて明日《みょうにち》の昼頃、注文を受けていた米を届けてくれるそうじゃ」と、満津は帚木を持ったまま言った。

「そうか、届くか」と、覚正は返事して思わず握り拳《こぶし》を作った。秋五郎と勘造による不正行為の対応に心を奪われ、時には気分を滅入らせていた。だから、米が届けられるという知らせは本業の酒造りを行なう覚正を蘇らせた。夕餉を摂りながら酒造りを話題に選んだ。

「満津、礼美、真魚」と、三人を見渡した。

「酒造り、油断することのう（なく）儂の指示に従《したご》うてくれ。酒造りは浄念坊の家業ゆえ」と、覚正は唇を引き締めた。

米は常に買い付けている五条にある四府賀與丁座《しふかよちょうざ》から配達された。四府賀與丁座は食糧にする米や酒米などを全国から集めて売り捌く京《みやこ》屈指の座《ざ》である。麹《こうじ》は北野社（北野天満宮）が麹座を組織して独占販売している。幕府は酒屋に麹を作らせないように、麹かびを蒸し米《まい》に定着させるのに必要な麹室《こうじむろ》を破却させた。麹を個々の酒屋に作らせないようにして、北野社の麹座から買わせている。だが、覚正も買い付けた麹だけを使って酒を造っているのではない。仕入れた麹を自分で蒸した米に巧みに混ぜて、麹かびを付着させ、新たに麹を作っている。そのようにしなければ醸造するのに原材料費が嵩んで、採算がとれない。

共用の裏庭に筵《むしろ》を敷いた。満津と礼美は横笛を持って立った。真魚は拳位の大きさで丸い鉦《かね》を左手に、右手には鉄でできたバチを持って笊《ざる》に座っている。覚正も座って直径が一尺位の太鼓を股に挟んだ。

音曲《おんぎょく》を取り仕切る満津が目配せして、一家四人が美酒を造ることを祈って囃子《はやし》を奏で始めた。すると隣近所の住人が勝手口などから一斉に裏庭に集まった。大勢の人々に囲まれて四人は顔を綻《ほころ》ばせた。満津が速い旋律を小刻みに指を動かせて吹き、礼美はその音の流れよりもやや低い音を伴奏のように奏でた。覚正は拍子が分かるように太鼓を叩き、真魚は薄い金属音を華やかに醸し出した。

「さすが浄念坊さんだけのことはあるのう」「見事よ」そのような褒め言葉が見物人の口々から溢れた。

満津は幼児の頃から生魚座《なまうおざ》の座人《ざじん》を務める母親ちはから楽器全般の手解きを受けた。生魚座は文字通り主に桂川、木津川、宇治川や琵琶湖で漁師が獲った鮮魚を買い付けて市井《しせい》の人々に売る商人が作る同業組合である。他に多くある種々の座とは大いに異なり、女ばかりで構成する。彼女達は音曲にも秀れ、楽器を巧みに奏でる。松拍子《まつばやし》と呼ばれるお囃子《はやし》を演じる。

赤松満祐に首をはねられた第六代将軍・義教公に生前、ちはと共に招かれて、正月の祝いを幕府内で演じたことがある。

「かわゆいのう。それに笛も仲々、達者。その小さな指で大人に負けぬ程の技量。母親のちはとやら、鼻が高いのう。母親の薫陶を受けて今後も一層の精進を致せ」との褒め言葉と共に、一目で一級品と分かる横笛を贈られたことがあった。

「義教公は芸能への造詣が秀れ、繊細で庶民の生活が分かる将軍様じゃった。将軍様から賜わった横笛は一生、大切に扱わねば」と、満津は口癖のように、今尚、子供達に繰り返す。

囃《はやし》を奏で終えた。

「今年も酒造りの時が来たの、浄念坊さん。美酒を期待しとるて」「儂らは井戸水を飲むだけよ。酒なども う数年間、味おうたことはない」などと、集まっていた人々は言った。

大きな壺を地面に幾つも並べた。乾いた風を浴びながら店番の真魚を除いて三人が、酒造りの第一段階である精米の準備を始めた。稲の藁《わら》で作られた米俵《こめだわら》の蓋《ふた》を覚正は外し、満津と礼美に助けられて壺に米を流し入れた。籾殻《もみがら》を除く作業は木の棒と籾殻がぶつかる音が、大きな壺を共鳴させて軽《かろ》やかな残響を立てた。満津と礼美もひたすら籾殻を外す作業を続けた。乾いた涼しい風の中にいても、汗かきの覚正は額に汗がにじみ、背筋を汗が流れた。

「父さんは少《すこ》ーし休んで下され。汗が吹き出しておるのでしんどいじゃろ」と、礼美は父親を見上げていたわった。覚正は娘のやさしさに甘んじて近くにある岩に腰を掛けた。二人が壺に向かっている様子を暫く眺めた後、竹で編んだ笊に自分で搗《つ》いた米を取り出した。数本の骨が剥き出した大きな団扇であおぐと、軽い籾殻は小さくて黄色い羽を持つ虫のように、四方へ飛び散った。それらを見て一家を支える収入源になる酒が美味に仕上がるように、と祈った。

翌日は朝から雲が低く垂れていた。雨が落ちてこないうちに精米を終えたかった。満津に店番をさせて覚正は子供二人と一緒に、残りの米を搗いた。その作業を終えて半時《はんとき》（約一時間）程すると、冷たい雨が地面を濡らし始めた。

「父さん、ようございましたなあ、籾殻を取り去り終えて」と、真魚は喜んだ。

「真魚、それは『精米を終えて』と言うの。言葉をちゃんと覚えておくの。浄念坊の跡取りになるんだから、あんたは。将来、浄念坊を背負うの。だから言葉を正しう使えるようにしておくの」と、礼美は姉貴風を吹かせた。

「うん、うん」と、弟は恥ずかしそうに首を縦に小さく振った。

酒造りの間で木製の長櫃《ながびつ》に入った米を手に掬い、指の間から落して米粒の感触を確かめていると覚正は自《おの》ずと、精神が高揚した。

「よーし、お客に喜ばれる酒を今回も造ろうぞ」と、心に期するものがあった。

酒造りには長い日数がかかる。二か月後には酸味を帯びた甘露《かんろ》な飲み物が公家、武士、僧、富んだ町衆の舌を楽しませる。それに一家を支える収入をも運んでくれる。天変地異が起きても銭を沢山持っているのなら、その日の食べ物を何とか口にすることが出来る。

「真魚、米を洗うて糠を落してくれるか。桶に水を張り、米を浸して」と、覚正は米蒸《こめむ》しを行なう準備を指示した。

「はい」と、真魚の返事にも活力があった。

精米した米を三回に分けて酒造りすることにしている。蒸し米《まい》に麹かびが育ち易いように水に浸す。水を張った桶を幾つも土間に並べた。やがて、甑《こしき》と呼ばれる大きな蒸し釜には湯気が上り始めた。

覚正は礼美と真魚と協力し合って米を入れた甑用の笊を三段重ねた。四半時《しはんとき》（約三十分）が経った頃から米が蒸し上がり始めた香りが、土間に漂い始めた。

「美味しそうな香りじゃな、父さん」と、礼美は床几から立ち上って、甑に近付いた。

「そうじゃな」と、覚正はその香りに満足気だった。

作業が容易に捗るように、土間には埃《ほこり》が草鞋《わらじ》から飛び散ることを防ぐため木を組んで作った簀《す》の子《こ》を置いた。

「あんた、お隣りさんが夜廻り番のことで相談に参られた」と、その時、満津は酒造りの間に入って来た。

「んっ、そうか」と、覚正は満津の方を向いた。「米はそのまま、蒸したままにな」と言いおいて覚正は店先《たなさき》へ行った。

夜廻り番は同じ通りに住む者達が、順番に役割り分担することになっている。昼間でも強盗が所々に押し入る京《みやこ》は夜になると一層、治安が悪くなる。花の御所と呼ばれ、四季を通して緑の樹蔭と咲き乱れる花々に囲まれた幕府が治める京は、夜になるとその姿を豹変させる。盗賊が闊歩する町なのである。

盗賊から身辺を守るこの自警団は五、六人が一つの組になる。三日に一回、亥《い》の刻《こく》（午後十時頃）から半時《はんとき》位（約一時間）、壬生馬場を中心に各自が刀や長刀を携えて町を警邏《けいら》する。町に住む者の中には警邏は幕府が行なうことであり、町衆《まちしゅう》に負担をかけ過ぎることに不平を鳴らす者がいる。だが、このように考える者はごく僅かなように思える。

幕府の役人にとっては市中に住む人々は他人。税は絞る程、巻き上げるが市井《しせい》の人々の財産の保全や安全な生活などには何ら関心を持たない。だから自分達の生活は自分達で守ろうとする諦めとも言える考えが、町の人々に蔓延している。生活をより安全にするために自分達で力を発揮することを、多くの者は惜しまない。自《みずか》らが盗賊でもあるのに自警団の一員として、夜盗を捕らえる役割を遂行する。だが、覚正の中には矛盾は存在しない。

蒸し始めて半時は過ぎた。

「ようし、少し冷めれば一斉に筵の上に広げて冷やそうぞ」と、覚正は声に力を漲《みなぎ》らせた。折からの涼風が吹き付ける屋外とは異なり、蒸し暑くなった空間で上半身は裸になった。真魚も薄茶色の麻地《あさじ》の小袖を脱いだ。

「礼美は女ゆえ、こんな時は涼しくなれずに気の毒よな」と、覚正は莫蓙の上に広げた蒸米《むしまい》を掌《てのひら》で返して冷ました。

「なんぼう（幾ら）汗をかこうと裸になどなれませぬ」と、少し顔を赤らめた。

蒸米から盛んに湯気が立ち昇っている。覚正は指にこびりついた米粒を口に含んでみた。甘味が充分、感じられる。納得した表情を浮かべた。筵に広げられた蒸米は温度を急激に下げていった。

「父さん、蒸米が私の手より少し温かい位に迄、下ってございます」と、真魚は温度の見極めに敏感に反応して早口になった。

「よーし、北野社（北野天満宮）より買《こ》うた麹を混ぜ合わせて麹かびを蒸米に棲《す》み付かせようぞ」と、覚正は子供達に指示した。

その後は麹室《こうじむろ》と呼ばれる壁土で仕切った狭い部屋で、麹を温かく保存する。筵を一尺位の高さの隙間を空けて上段、中段、下段のようにして並べた。二昼夜、麹を完成させるために温度が一定になるように覚正は満津と交代しながら見張った。この作業は「麹造り」と呼んでいる。

麹室は幕府の命令により一旦は破却させられたが、壁土を直方体に固めたものを数多く作って、それらを組み合わせ室《むろ》を再現させた。段毎《だんごと》に隙間は出来るものの、藁《わら》を用いて目張りをして保温効果を高めている。

「幕府の命令を守って麹室は作っておらぬな」と、見廻る役人にはまず北野社が発行する領収書を見せることにしている。役人が麹室の存在に感付くとすぐに袖の下に、満足する重さの銭を覚正は入れる。役人は表情を変えずに、重さを確かめる。すると役人は「浄念坊は今回も麹室を持たず、その心意気は殊勝」と上申してくれる。覚正の商い仲間は殆どがそのように対処している。

麹かびが棲み付いた麹を覚正は口に含んだ。ゆっくりと首を縦に振った。真魚と互いに顔を見合わせた。

「だが、油断は禁物ぞ」と、覚正は今回の酒造りが失敗しないように気分を引き締めた。

麹が出来上るると覚正は真魚に「酛造《もとづく》りを致そう」と、呼び掛けた。麹に水、更に酵母を入れて酒の酛《もと》を造る。それは酒母《しゅぼ》と言われ、出来上るには半月位はかかる。

十三歳になる真魚は乳児の時には既に酒の香りを嗅ぎ、物心が付く頃からは酒造りを話題に選ぶ父親に聞き耳を立てていた。だから酒造りの手順はすっかり会得《えとく》しているようだった。大きな甕に木ベラを入れて掻き混ぜ始めた。

「仲々、巧みな手付きよの」と、覚正の真魚を見る眼差しはやさしかった。

「何かやっと混ぜ方を自分なりに編み出したつもりでございます」と、真魚は父親を見上げた。

「今年は真魚がうもうなった分、酒の味も更に良うなろうぞ」と、覚正は満津と礼美を見回した。

酒母《しゅぼ》が作られている間に覚正は夜盗を働く計画を練った。六条近くの北小路《きたこうじ》通傍にある畠山氏の遠縁筋の武家邸だった。

「酒屋の寄合いで六条迄、出かけて来る」「北小路通へ酒を届けに行く」「六条高倉通へ聞き酒に行く」「担保の査定で困ってる酒屋を助ける由《ゆえ》、河原町通五條迄出掛けようぞ」などと、外出する理由を捏造して家族に告げた。押し込む先の邸の周囲を通行人に成り済まして、塀の高さや門番の人数、警護の様子などを窺《うかが》った。十回位は下見をしただろうか。邸西側の塀の外に一本の大きな樟が、枝を四方に伸ばしていた。勘造と朝之進にもその邸を調べるように命じた。

弟子の中では秋五郎の力量を高く評価している。身軽に行動出来る。状況を適確に判断する。いかさま事件のあと、最初の山を踏むことに参加させることにより、棟梁である覚正が秋五郎を見捨てていないことを示すことが出来る。但し、弥助は同行させないことにした。秋五郎の不正を指摘したために、秋五郎と勘造が不必要な反感を蘇らせることがないことを願った。

十一月中旬の或る日のこと、未時《ひつじどき》（午後二時頃）に西九条にある戒光寺《かいこうじ》の境内に集まることにした。奸計《かんけい》は屋内で集まり語り合う訳《わけ》にはいかない。壁には地獄へ行くことを命ずる閻魔《えんま》大王が住んでいる。覚正は秋五郎が今回の計画に加わるかどうかが、気掛りだった。十日程前に秋五郎を訪ねた時に小声で、今日の打ち合わせを伝えておいた。その時、秋五郎は生返事《なまへんじ》をするだけだった。戒光寺の貧相な山門を潜《くぐ》ると、右前方に手水《ちょうず》を汲《く》む井戸がある。そこを集合場所と定めた。覚正がいつものように一番乗りだった。やがて深緑色の厚手の衣を上半身に纏《まと》った勘造が現われた。少し遅れて朝之進が「もうお揃いか」と、両手を袂《たもと》に入れた姿で近づいて来た。

「あと、秋五郎が来れば全員ぞ」と、覚正は二人を見た。彼等は一様に驚きを隠せなかった。

「もう辞めたものとばかり思うたに」と、朝之進は自らの予想が外れたことを知って、口調を弾ませた。覚正は朝之進が秋五郎と共に働くことを望んでいることを知って、望みの灯火《あかり》が心の底で点《とも》った。四半時後（約半時間後）に太陽の光を背に受けて山門からこちらへ進む人影が見えた。逆光なので覚正は眼を細めた。

「おおっ、来た、秋五郎殿が」と、勘造は幼児が小踊りするように小さく跳び上って、喜びの声を挙げた。

木枯しを思わせるような風を受けながら、四人は井戸から離れた所で地面に腰を下した。怪しまれないように番匠が邸《やしき》の修繕を相談しているかのように装った。覚正は自分で描いた邸の絵図を懐《ふところ》から取り出して広げた。土塀と門、それに方角などを印《しる》している。朝之進と勘造も数回、その邸の周囲を歩いて中の様子を知ろうとした。だが、邸内の構造は分からなかった。

勘造が切り出した。邸は高い土塀で囲まれているものの、西側の土塀近くには樟の巨木が大きな緑蔭を広げている。幹を上り太い枝に到達して枝にぶら下がって進むと、土塀の上に降りることが出来るかも知れない。そのように発案すると四人は暫くの間、口を閉ざした。

「枝は折れないかの。特に棟梁は大柄ゆえ」と、朝之進は不安気だった。沈黙が新たな不安を広げたようだった。覚正もその樟を利用する方法を考えていた。勘造にこの場は譲る方が良い。先日の失態を挽回させるのが最善であると覚正は思った。樟の大きな枝の弾力と強さが気になったことは否《いな》めない。

「ならばそうすることに致すか」と、覚正は鋭い視線を秋五郎と朝之進に投げかけた。四人はそれぞれ険しい眼付きを漂わせて頷いた。険しさは決意の強さを表わした。その絵図に獲物を狙う鷹のような眼差しを向けた。

先陣を切るのは秋五郎であり朝之進が続く。三番目は勘造が務めて殿《しんがり》に控えるのは覚正になる。四人が同時に同じ行動をとるのではなく、秋五郎と朝之進が一つの組になり、勘造と覚正が別の組になる。邸から退散する時は決して表門や裏門のような大きな門は使わない。それらのすぐ横にあるねずみ門のような小さな門を潜《くぐ》る。或いは、麻縄を結わえた鉄製の錨に似せた小さな用具を築地塀《ついじべい》の外側へ放り投げて、壁面に深く喰い込ませる。それで身体の平衡《へいこう》をとりながら塀をよじ登る。

どちらを選ぶかは咄嗟の気転に頼らざるを得ない。邸外に出ると北にある六条通や西の南北に延びる堀川通のような広い通りを進まない。出来る限り細い道を隠れるようにしてひた走る。覚正と秋五郎が押領品《おうりょう》をそれぞれの家へ持ち帰る。それらが押し込みの要領だった。

「何か尋ねたいことがあらば申せ」と、覚正は三人を見た。

「うーん、もひとつよう分からぬが」と、朝之進は眉間《まゆま》に皺を寄せた。

「何《なん》で警護が固い武家邸に入るのかの。土蔵に多くの担保の品々を保管する土倉や酒屋、それに豊かな商家だと楽に押し込めるのによ」

「なあーに、それらは町の人ぞ。武家ではなかろ。儂が武家を鴨にするのは奴等が町の人々を苦しめておるからよ。自分達が贅《ぜい》を貪《むさぼ》るのに人々の困窮ぶりを少しも意に介さぬからよ。よって奴等のあり余った富を拝借するのよ。我等で分け合《お》うて家族が困らぬように生活するのじゃ。武家は自分達では何も作らぬ。領地で百姓が育てた野菜を喰らい、職人が編んだ衣を着て暮らしておる。貧乏人の労苦の上に胡座《あぐら》をかいて生きとるのよ。そんな奴等を儂は憎う思う。それと土倉や酒屋は儂とは同業者じゃ。同業者とは仲ようせねばのう。外から見える程、豊かではないわい。そりゃ、我等が銭を潤沢に持てるのなら、貧しい人々にも分け与えられるがの。そこ迄は出来ぬな。そこ迄、余裕はなかろう」と、覚正は得意顔だった。質問した朝之進はどうしても合点がいかない様子だった。

「では、やるか」と、覚正は眼を輝かせた。実行は三日後だった。

覚正は屋内で家族に目立たないように身体を鍛えた。膝の屈伸、足首廻し、股関節伸ばし、腕回しなど余念がなかった。このように身体の鍛練をしていると心が自然と昂ぶるのを強く感じるのだった。数打ちの刀をよく切れるように砥石で研いだ。すると却《かえ》って刃がこぼれるのだった。それだけ粗悪な鉄を用いて作っているのが分かる。やっとのことで刃先を整えた。

その日がやってきた。家族に感付かれないように共に薄い蒲団にくるまった。寝入らないよう眼を大きく見開いていた。盗賊の頭目を続けているとこのような芸当とでも言えそうな技術を身に付けてしまった。身体は温まっている。屋外の寒さには充分、耐えられる。家族は寝静まった。そのように判断して蒲団を跳ねて起き上った。季節がもたらす夜気が屋内にもたち込めている。

「よおし、よおし」と、心の中で気分を奮い立たせた。月の青白い微《かす》かな光も入らない屋内で身仕度をした。満津と真魚の寝息《ねいき》が闇の中に溶け込んでいる。二人は一日を終えた後の穏やかな夢路を辿っているのだろう。二人の穏やかさを考えると自らのこれから夜盗を働くことへの意志の強さが対比されて、一層、鮮やかになった。

今夜は木によじ登って大枝に移る。だから出来る限り軽装に身繕いしなければならない。顔を隠すのには大きなお面は用いずに、黒い麻布を被ることにした。四人が同じ装いをする。

畠山邸の一町南にある民家近くの入会地で覚正は三人を待った。秋五郎、朝之進、勘造の順でやって来た。月の光を受けて三人の眼が鋭く光った。履いている草鞋《わらじ》は丈夫で、しかも足音を殆ど立てない。

樟の大木の傍に着いた。見上げると葉や枝は黒白に限りなく近い色合に見える。一瞬、強い風が吹き抜けた。細い枝が大きく揺れ、葉末が薄っぺらな音を立てた。そのような光景の中で秋五郎が先頭を務めた。太い幹をよじ登ったかと思うと太い枝を伝って進んだ。枝は弾力に富み、覚正達の心配を忘れさせた。

「見張りはおらぬ」と、秋五郎は地上にいる覚正達に小声で知らせた。

朝之進に続いて勘造が上り、その後、覚正が土塀に降り立った。土塀から見下《おろ》す邸内は月の鈍い光の中で静まり返っていた。警護をする下男達が役目に就いていないことに不思議さを募らせながらも、手筈通り二組に分かれて邸内を移動した。

四人は音もなく広い邸内を池で泳ぐ魚のように自由に動き回った。勘造を従えて覚正は厨《くりや》(台所)と思われる棟続きの建物へ進んだ。戸は閂《かんぬき》がかかっていた。小刀を戸板の隙間に突き差してから、内側の戸板を静かに押し続けた。閂が外れる音が闇の中に浮かび上るように聞こえた。物音を聞きつけて起き出す者が現われるのではないか、と暫く耳を澄ませた。変化はなさそうだった。勘造がついて来るのを確かめて厨をずっと中へ、つま先に神経を集中して進んで行った。厨で働く者達が寝起きする部屋は次の間にあるのだろう。そのように思いながら部屋へ押し入った。

蒲団が敷かれている位置を探ろうとして爪先を小刻みに動かせた。

「勘造、人数を確かめよう」と、覚正は小声で指示した。

「三人だな」と、覚正は感じると二人の蒲団を剥ぎ取って鳩尾《みぞおち》辺りを拳で殴り、意識を奪った。

残る一人を口に手をやって起こした。それは男だった。

「静かにすれば命は助けてやる。騒げば斬り殺すぞ」と、小刀の背を男の顔に押し当ててすごんだ。

「おっ」と、男は声とも音とも思えない驚きを上げた。身体は大きく震えていた。

「銭の在り処《あか》を言え、連れて行け」と、覚正は男の右腕を捻じ曲げた。勘造は小刀の鞘を男の脇腹に強く押し当てた。

「ぜっ、ぜっ、銭など知らぬ。わっ、わっ、儂は賄《まかな》い係ゆえ銭の在り処《か》は知っ、知らぬ」と、押さえられた口から返事が漏れた。勘造は銭の在り処を隠している、と感じた。脇腹を一層、強く押した。

「連れて行け、銭の所へ」と、覚正は小刀の冷たい背を再度、男の頬に押し当てた。

「賄いに使う僅かばかりの銭は知っておる」と、男は尚も身体を震わせながら、先程とは異なることを言った。

「ならば、そこへ案内《あない》致せ」と、覚正は一層、強く腕を捻じ曲げながら迫った。

隣りの部屋にやや小さな木製の長櫃のような箱状の備え付けがあった。その中に保管されている壺に貨幣が緡《さし》と呼ばれる麻縄に通されて入っていた。洪武通宝や永楽通宝がおよそ九六〇枚程が通されているのだろう。貨幣は千枚には満たないが、千文《せんもん》と見做して一貫という銭の単位になる。勘造は男の鳩尾を小刀の鞘で激しく突いて気絶させた。

二人は廊下に出て手探りしながら、他の銭の在り処を探そうとした。緡一本では少な過ぎる。下見を行ない、計画を練り、協議の日どりを考え時間をかけた。押し込んだ労力を勘案すると割が合わない。すると、向こうから何者かがやって来る気配がした。

「五条」と、人影は声を殺して言った。秋五郎の声だった。

「坊門《ぼうもん》」と、合言葉を覚正は続けた。五条坊門とは洛中にある地域名で、五条通を北へ二筋上った所になる。

「棟梁、銭はこの壺にある緡三本だけじゃ。すぐ退散した方が良さそうじゃ。長居《ながい》は危険」と、秋五郎は早口で捲《ま》くし立てた。秋五郎達は三本の緡を手に入れたのに比べて、自分達が略奪した銭の少なさに覚正は不満だった。

「んっ」と、覚正は頷いて出口の方へ爪先に力を込め、音を立てないように小走りに進んだ。

その時、建物の奥の方から「出合え、出合え」「賊が入った」「門を固めよ」「逃がすな」「捕らえよ」と、非常を告げる大声が飛び交った。

覚正は勘造と、秋五郎は朝之進と二つの組は異なる行動をとった。覚正達は邸の西側を囲む塀の北寄りの所へ走った。そこから塀の外側へ縄で結わえられた錨状の道具を投げて、壁に喰い込ませた。縄を引き寄せながら内側の壁に足を立てるように上体を反らせて、塀を上った。塀の上で勘造が上って来られるかを見定めた。一緒に塀にぶら下って同時に邸の外へ飛び降りた。

二人は近くの木立ちの中へ身を潜めた。畠山家の侍達の動向《どうこう》を確かめた。追って来る気配はなさそうだった。北へ上る道に沿った灌木の茂の中を腰を屈めて進んだ。肌寒い季節の筈だが覚正は物盗りを働くことから生じる心の高まりに満たされて、身体は熱を帯びている。北小路の道を横切った。前方に三、四人の人影を認めた。自警団の町衆であろう、と判断して、すぐ東の細い通りに身を隠した。

壬生馬場の自宅裏の入会地に着いた。

「ならば勘造、気を付けて戻れ。後日、今夜のことは精算しようぞ。儂達は緡一本、秋五郎達は三本じゃ。他に物《ぶつ》はなし」と、覚正は声を落とした。

「棟梁、では、これにて」と、勘造は月の鈍い光の中に着物の色を馴染ませて、やがて溶け込んでいった。

勝手口から屋内へ入った。腰に巻き付けている緡を外して夜盗の作業衣を脱ぎ、寝巻に着換えた。冷たくて薄い蒲団はすぐには身体に安らぎを与えてくれそうにはない。日の出には目醒めて家族には普段と同じように振る舞わねばならない。早く眠りへの平坦な道を辿りたく思った。眼を閉じた。足先に絡めてくる暖かい足の指があった。

「人声がしましたな、若い人の声が。ご無事で宜しゅうございましたな」と、満津は小さな含み笑いを漏らした。

「んっ」と、覚正は生返事した。満津は知っていたのだ、と自分に言って聞かせた。そう考えると、却って心の落ち着きを感じた。妻は夫の不正を他言することはあるまい、と思った。その後、睡魔に穏やかな道を案内されて行った。

翌朝、秋五郎は振り売りの途中、浄念坊に立ち寄った。麻袋に潜《ひそ》ませた三本の緡に通した銭を覚正に渡した。覚正は無表情を装い、小さな櫃に保管した。緡六本以上、貨幣に換算すると五阡七百六十枚近い数が欲しかった。それ位の銭ならば六人が少しは潤った生活が出来るのだが。山を踏む前に計画を練り、下見と打ち合わせなどに要した時間を考慮すると、今回の取り分は満足出来るものではなかった。

「秋五郎殿、店《たな》の方へ回って少し待って下さるか」と、覚正は物盗りの部下ではなく、酒屋の取引き業者に対してであるかのように言葉を選んだ。

勝手口近くの仄暗《ほのぐら》い所で覚正は盗品の銭を六等分した。今回は弥助と丞太が加わっていないが、分け前は平等に与えるのである。物盗りには動き易い人数を設けている。大勢で邸内へ押し込むと捕縛《ほばく》される危険が高まる時がある。今回は四人が丁度良い人数だった。

報酬についての明細書きを常備している。実行日、実行者名、押し入った邸名、押領品と数などの箇所に覚正は、要領よく同じ文字を十二回ずつ書き入れた。受取証の正副を作っている。だが、それらの書面に書かれた文字を正確に読める者は部下にはいない。最も年長者の秋五郎でも自分の名前以外の文字は殆ど読めない。書くことも難しい。だが、彼等には不正や曖昧さを防ぐことの大切さを知って貰えるように、このようにして証文を渡している。

「待たせましたな、どうぞこれを」と、酒を買いに来た客に対するのと同じ口調で明細書きと麻袋に入れた銭を渡した。

「今月は僅か四本じゃった。少ないが仕方あるまい」と、覚正は付け加えた。

「そうでござるか」と、秋五郎は無表情を装った。他の者へは覚正が彼等の所を訪れて手渡すことにしている。秋五郎が立ち去って息をつぐ暇もないくらいに、真魚から言葉をかけられた。

「父さん、そろそろ仕込みが出来るのではございませぬか」と、酒造りの間《ま》から身体を半分程出して言った。

「そうじゃな、馥郁《ふくいく》とした香りよ。もろみ造りが始められそうじゃな」と、覚正の声には明るさがあった。

「見てみよう」と、覚正は言って真魚の方へ進んだ。大きな壺に入った酒の酛《もと》である酒母《しゅぼ》を長い木ベラで掻き回し、香りを確かめた後、ヘラに付いた酒母を指につけて味を調べた。

真魚も覚正から酒母を指につけて貰って、父と同じような仕草をした。

「どうじゃな。その味を覚えておけ。丁度ええ（良い）塩梅《あんばい》よ。その味ぞ」と、教えるように言った。

真魚はゆっくりと頷いた。自分の舌を確かめて自《みずか》らの味覚に定着させるかのような表情を浮かべた。覚正は息子の様子を頼もしく感じた。あと三年もすれば浄念坊の跡継ぎとして充分、成長するだろうと、自信を深めた。

仕込みを始めると、二十日後くらいには待望の酒が出来上る。もろみの温度加減を間違ってはならない。

「満津、いよいよ最終段階よの。我等浄念坊の命運が分かれる時よな。お客が喜んで今後も贔屓にしてくれるか、そっぽを向かれるかの」と、覚正は複雑な思いだった。

「あんた、大丈夫。今年も真魚がよう働いてくれたので」と、満津は揺れた心模様の覚正を慰めるように言った。

もろみが出来上れば、それを搾り酒と粕に分ける。その後、酒を低温加熱して酵母の働きを止める迄は覚正の心が休まらない。もう二十年間も酒造りを続けているのだが、毎回、初めて酒を醸し出すような気分である。自分と比べると妻の満津は直観により判断するのかも知れない。楽観的な妻の考えにより自《みずか》らの不安定な思いが癒されていく。

「うん」と、首を縦に小さく振り、意を強くした。

仕上げる酒の種類の割合を覚正は考えた。酒は糟を取り除いた濁酒《にごりざけ》、濁酒を澄ませた薄濁《うすにごり》、更にそれを澄ませた清酒《すみざけ》の三種類に分けられる。濁酒は町衆が最も好む安価な酒であり、毎日の食べ物を辛《かろ》うじて口に出来る人達が味わえる。粗悪な品質であり酸味がきつい。清酒は酸味が弱く喉越しの良い高価な酒である。大寺院に住む僧侶や大名と彼等の縁者、それに公家衆が嗜む。薄濁は富裕な町衆が好む。

造る量の比率を濁酒を三、薄濁二、清酒五の割合にした。

「父上、やはり清酒を一番多く仕上げるのでございますか、今年も。お武家様や坊様、公家衆が上客ということで。それと薄濁が一番少ないのでございますな」と、真魚は確かめた。

「商いは少しでも多く儲けねばの。大名やその縁者は我等にとって良い金蔓《かねづる》じゃ。日頃、儂は奴等を非難しているが、商いは別よのう。町の人々が住む土地から多額の税を取り立て、田畑を耕す百姓には重い税を課し、道や橋を設ける労役《ろうえき》を押し付ける。そんな幕府とそこに勤めるお武家様は良《え》えお客よな。高い酒をたんと（沢山）買うてくれるゆえ上客ぞ」と、覚正は持論を述べた。

武家に対する二つの相反する思いは矛盾することなく、覚正の中では同居している。

「生活のためなら理不尽さは許されて良《え》えのよ」と、自己弁護した。

「真魚、母上と礼美を呼んで来てくれるか」と、息子に命じた。程なく酒造りの間に浄念坊の四人が揃った。家族に覚正は酒造りの仕上げに至る全ての工程と三種類の酒の仕上げ比率を熱を込めて伝えた。その後、荷物運搬業に就く丞太と侍所の承仕を務める勘造へ、分け前を持って行く仕度をした。

「半時（約一時間）もすれば戻って来ようぞ」と、覚正は告げて玄関を出て数歩、歩んだ。その時、荷車を引いた若者がやって来るのが見えた。丞太だった。丞太も覚正を認めた。二人は大勢の人々が行き交う路上で目配せした。

「荷車、横に寄せてくれるかの」と、丞太に注意する通行人がいた。

覚正は取り分を渡した後、懐《ふところ》から大和の国で作られた上物《じょうもの》の墨を九本、細い稲藁《いなわら》で束ねたものを渡した。それは客から担保として預かったもので、客が借金を返済出来なくなったので流せる品物だった。

「大和の名墨苑《めいぼくえん》の墨ゆえ土倉か酒屋で担保にして銭を借りるが良《え》え。沢山、銭を貸してくれようぞ。それとも、どこかの店《たな》で売り払《はろ》うても良えが。それで母上に滋養のある八《や》ツ目鰻か鰻を食べさせてやれ」と、覚正は夜盗の頭目としての口癖になっていた。

丞太の母は半年近くの間、病に伏している。咳が続き、苦しむ時がある。肺臓が悪いのだろう。滋養のある魚を頻繁に食すれば体力が付き、回復が望めるに違いない。丞太は気弱な顔付きに感謝の表情を淡く浮かべた。

店《たな》へ戻ろうとして丞太に背を向けた。その時、往来する人々が語り合う声が聞こえた。

「三日前、東大路四条の呉服屋に押し入って店人《たなびと》を殺《あや》めた盗人《ぬすっと》が、捕らえられたそうじゃの。明日《みょうにち》、未の刻（午前六時頃）六条河原で」と言って、右手で首を斬る仕草をした。

「共に見に行こうぞ」と、教えられた中年の男は楽し気に答えた。

覚正は彼等の話を聞いた時、どうして事件と下手人《げしゅにん》の裁きを知り得たのか訝《いぶか》った。花の御所に出入りする商人なのかも知れない。それとも、罪人を処刑する役目の者を縁者に持つ者だろうか。常に自《みずか》らも刑に処せられる危険と背中合わせにあることを感じて、身体が震えた。

物盗りの情報を得る

店《たな》の玄関で棚に並べた小さな壺を柔らかな綿布で拭いた。そんな作業をしながら物盗りを考えた。次回とは言えないが入念に計画を練り、大名の邸に忍び込み多額の銭を掠《かす》め盗りたい。大大名の邸が良い。押し込み強盗を働くことにより武将の鼻を明かしたい。細川勝元か山名持《もち》豊《とよ》（宗全）が良いだろう。彼等は室町幕府で管領《かんれい》という要職に就き、第八代将軍・義政公を凌ぐ働きをしている。実行日は未定ではあるが早く果《はた》したい。

午後からは勘造を花の御所に訪ねた。いつものように室町小路《こうじ》に面し、西に向いた正面である四脚門《しきゃくもん》の所に番人の男が二人ずつ右と左に分かれて立っている。長い棒を地面に突き立てて厳めしい表情である。

「町での出来事をお知らせしようと、承仕の勘造様にお目通りしたく存じます」と、覚正は装った。

「おっ、桜梅院《おうばい》殿ではござらぬか」と、濃い鶯色の綿入れを着た若者が姿を現わした。勘造はすっかり老成した様子で、覚正の屋号を故意に偽って周囲の役人を欺いた。覚正は分け前を人目を憚らずに玄関に控える役人や、それぞれの用で赴いた人々に背を向けることもせず、堂々とした仕草で渡した。

勘造は覚正の背中に右腕を軽く廻して、四脚門の外へ導いた。その素振りは部下と棟梁という卑しくて汚れた絆で結ばれていることを打ち消すのに余りあった。

「桜梅院殿、周防《すおう》（山口県の大部分）の大内家が六条通近くに邸を構えてござろう。近々、引っ越しをするとか。三町程、西へ移るとのこと。家財道具や工芸品など運び出すので油断が出来ましょう。そこを襲うて銭に成りそうな物を拝借しては」と、小声で勘造は教えた。承仕を務めるので情報は豊かである。それは白昼、堂々と獲物をかっさらうことだった。警護の侍が大勢、移動する通りや町角に立つことだろう。工芸品や家財道具を移動させる時に幾らか注意力の隙間が生じるかも知れない。勘造の申し出はそれなりに妙案のように思えるが、警護の侍達は腕に覚えのある猛者《もさ》揃《ぞろい》と考えられる。斬り合いになれば、自分達が持つ数打ちでは、叩き折られる恐れがある。

勘造の申し出に覚正は渋い表情を浮かべた。

「棟梁、されば絵巻物はどうかの。工芸品の骨董品は」と、桜梅院という覚正の花の御所内での名前は消えて部下の言葉に戻っていた。勘造は新しい情報を伝えた。

最近、亡くなった公家衆の中に内大臣を務めながら香道《こうどう》の師範としても活躍した三条西公保《さんじょうにしきんやす》公がいる。八条に住むその縁者が洛外にある曼荼羅寺《まんだらじ》に伝わる寺の由緒を描いた縁起絵巻物を土倉より買い入れた。

曼荼羅寺では住職、副住職と多数を占める修行僧とが対立を引き起こして長期間に及んだ。修行僧への待遇が貧弱なので修行僧は住職に幾つかの要求を突き付けたのだった。酒は毎日、与えること。一日に二回の食事では一回は必ず一汁三菜《いちじゅうさんさい》（主食の他に汁物は一品、小鉢物は三品）を食べさせること。月に一日は尼寺の比丘尼《びくに》に会わせることを求めた。

修行僧が対立を続けたり、寺を去ると、住職は窮地に陥ってしまう。信者やその親戚のために葬儀や法事を行なえなくなり、布施《ふせ》という収入が途絶える。更に祠堂銭《しどうせん》も思うように得られなくなる。修行僧の願いを少しでも叶えるには相当量の銭が必要だった。初めのうちは住職は日頃、蓄えていた銭で工面していた。その多くは修行僧を引き受けた際、彼等が携えた金品や彼等の実家から送り届けられた農作物を売り払って得た銭だった。

やがて蓄えが底をつきそうになった時、土倉に相談を持ちかけた。土倉は窮地を半《なか》ば知って担保を預かることなしに少額の銭を住職に渡した。親切を装った銭は住職に優れた美術工芸品でもある寺の縁起絵巻物を土倉に預ける決心を強いた。寺宝であり寺の由緒を描いた工芸品は多額の銭と引き換えに、土倉の管理品となった。

二十人もの修行僧の待遇改善が、いっときは成された。だが尼寺の比丘尼は修行僧との逢瀬《おうせ》を重ねていくうちに、当初の約束よりも四倍多い金銭を求めるようになった。若い修行僧は比丘尼との仏法を忘れる程の楽しい談笑の後、男女の交わりを強要した。その労を四倍の金銭で償うことを求めた。

住職は土倉への借金の返済日に銭を返すことが出来なくなった。担保の縁起絵巻物は流れてしまった。

「住職は銭の計算が出来ぬ人間よの。初めから借りた銭を返せる目途《めど》などないものを。それに比丘尼は世故《せこ》長《た》けとるの。若い修行僧は歓談だけで終わることなど初めから、考えられぬじゃろ。安い銭を初めは要求し、身体を汚されたからそれを償《まど》えと言うて四倍もの銭を迫ったのよ。だから、住職は追い銭《せん》を支払わされたのじゃ」と、覚正は小さな同情を曼荼羅寺住職に込めた。

「それにしても、お役人様は情報が相当、沢山おありでござるな」と、覚正は周囲の人々に勘造が部下であることが分からないように繕った。

京《みやこ》の政情

勘造は政所に仕える有能な承仕であるに違いない。京《みやこ》を洛中、洛外とを問わず隈《くま》なく歩いているのだろう。人々に気さくに声を掛け、様々な情報を得ている姿が覚正に浮かぶのである。時には彼等に金品を与えて彼等の親切心に応えたり、それを引き出しているのかも知れない。

「桜梅院殿、ここで長い立話は禁物。良からぬ噂を立てられれば不愉快。歩きながら話しましょうぞ」と、勘造は再び桜梅院という呼称を用いて覚正の左袖を軽く摑んだ。二人は花の御所の西側の高い土塀に沿って室町通を下り始めた。強い風が吹いた。まだ枝に残っていた黄金色の銀杏の葉や、濃い朱色と浅い赤色を混ぜたような色調の桜の葉が、軽くて薄っぺらな音を響かせて舞い落ちた。

「洛外の東山の麓の村で餓死者がようけ（沢山）出たらしいんじゃ。まだ儂は目撃してないがの」と、覚正を見上げながら勘造は不安気だった。

「真正直に生きてきたのじゃろうて。これだけ食べ物の値段が上がったり、不作が続くと貧者は食べ物を口へ運べぬな」と、覚正は餓死者を気の毒がった。

「一家《いっか》ごと人買《ひとかい》に買《こ》うて貰うか、夜逃げのように一家で逃散《ちょうさん》するか、鴨川の河原へ逃げ込んでしまうかなどせん（しない）とな。後に何か芸事《げいごと》を身に付けて、それで身を立てるかすればその日暮らしは出来るのだが。さすれば死なずに済んだかもな。勿論、皆が出来る筈はないが」

と、勘造は生きながらえる方法を話した。

「そうよ。飢え死んだ者には酷な言い方じゃが少しは知恵を出せんかったのかな。折角、この世に生まれてきたからには、一所懸命、生きねば。どうすれば命を絶やさなくてええか（良いか）、頭を使《つこ》うて欲しかった。簡単に死んではならぬ。第一、早《はよ》う他界しては神様も泣きなさる。神様を悲しませてはならぬ」と、覚正は飢餓でこの世を去った人々に愛惜の念を露わにした。その思いは自分なりに何かの形に表わして、彼等を弔《とむら》うことを考えた。弱者に過酷な現状を重ねて覚正は、小さな怒りに火を点《とも》した。

「勘造殿は侍所の承仕を務めているので、幕閣や将軍・義政公のことは、よう（よく）耳に入って来《こ》ようぞ」と、覚正は花の御所の内情を知りたくなった。

「まあ、そうじゃが」と、少し得意な素振りだった。

「どうじゃ、幕閣は政治《まつりごと》を熱心に行《おこ》のうておるのかの」と、覚正は率直に尋ねた。

「どうじゃろか。儂らのような末端の者は熱心に働いておる。そうせんと（しないと）上役からの命令をうもう（うまく）こなせぬからの。じゃが、管領《かんれい》の細川勝元公はどうかの。よう働いておるのじゃろのう。管領は訴訟事《そしょうじ》や他の家との交渉、それといろんな所から幕府へ持ち込まれる相談事《ごと》を扱うので、相当の知恵を出していることだろうよ。無理難題が多いらしいの。ただ、政治《まつりごと》じゃないのじゃが、内輪もめがひどい家があってのう。管領を務める畠山《はたけやま》家なのじゃが」と、勘造は眉間に皺を寄せた。

家督争いがひどくなっている。もう一年以上になる。畠山家の嫡男であり正統の後継者であった筈の義就《よしひろ》（よしなりとも）は、養子である政長《まさなが》に家督を奪われたのだった。政治手腕には錆びた刀のような策しか持ち得ない義就は、細川勝元が後盾になり素行に洗練さを欠く政長に敗れてしまった。三十代という若さとは不相応な老獪《ろうかい》さを全身に滲み込ませた勝元により、義就は口惜しさを常に口元に漂わせるだけだった。現在、義就は河内《かわち》（大阪府八尾市とその周辺）にある山岳に籠城している。今にも京《みやこ》へ政長に的を合わせ矢を放とうとしている。

「家督を細川公の助けを得て奪《うば》うた政長は手をこまねいているだけではあるまいな。京《みやこ》が戦場《いくさば》にならねばええが（良いが）」と、覚正は二、三年後に京《みやこ》を大きな炎で焼き尽くし、我欲という醜い化物を呑み込んだ応仁・文明の大乱を半ば予感するかのようだった。

室町通を尚も下って行った。東西に延びる武者小路通に差しかかった。やがて二人の話し声は互いに聞きとれない程、掻き消された。十名位から成る鉦叩《かねたた》きの男達の一行《いっこう》が、経文を唱えて物請いをしながら歩いていた。鉦の高い金属音が高低差のある経文を誦《よ》む声と、協和音や不協和音を醸し出した。

「浄念坊殿は彼等がどの宗派の僧であるか分かるんじゃろ」と、覚正の生いたちを少しは知る勘造は東へ進む一団の後ろ姿を見詰めた。

「なあーに、彼等は多分、真言宗の僧じゃろうて。唱えているのは金剛頂経《ちょうきょう》（真言密教での重要な経典）よな」と、覚正は勘造を見下《みお》ろした。二十五年以上も昔、修行僧から学んだことのある経典の一節を思い出していた。

「それはそうと」と、勘造は言って辺りを見渡し、声を落とした。

「酒屋に課している酒屋役を幕府は引き上げるらしい」と、勘造は教えた。

「真《まこと》か」と、覚正は思わず声を荒げた。

酒屋役とは酒屋に幕府が課する酒税である。政所が管轄する。政所は財政を司り酒屋や土倉を統制する。酒屋役は酒屋が造り出す酒の量に応じて、その税額が決められる。具体的には酒を保管する大きな壺の数により算出される。最も小さな規模の酒屋は、壺は六台であり中興氏が営む柳酒は実に百五十台を数える。浄念坊では年により変わるのだが、大体十一台位である。

「これ以上、酒屋役が引き上げられれば商いは成り立たぬわ。何としてもくい止めねばならぬ」と、覚正は苦々しさを顔に浮かべた。

家への帰途、一条通へ足を伸ばした。その地域の酒屋を纏めている店《たな》を訪れた。店《たな》の主は既に、その件を柳酒の中興氏から情報を得ていた。

「中興様の出方次第。強う反対して貰えれば政所は酒屋の意向を無視出来ぬかと」と、主は覚正を見上げた。

新たな物盗りを働く

夕餉の前に小さな文机《ふみづくえ》に向かって覚正は腕組をした。八条に住む三条西公の縁者が所有する曼荼羅寺縁起絵巻が頭の中を占めていた。今回も三条西の本家ではなく縁者宅になる。前回は畠山公の親戚だった。よくよく縁者と係わりがある。本家ならば邸《やしき》が広大であり、見張り番や臣下《しんか》が多く、物盗りは困難を極めるだろう。却って、縁者宅や親戚筋の方が身の程かも知れない。そのように考えて唇にうす笑いを浮かべた。

三条西の縁者宅への押し込み方を考え始めた。まず居宅の場所を特定することだった。その後、警護の様子とその規模を、日を異ならせて調べる。絵巻物は大抵、漆塗の木箱に入れられて長櫃の中に大切に保管されているだろう。縁者宅に部下を送り込み家の様子を窺わせることも考えた。

覚正は野菜を育て、振り売りとしても働く秋五郎を三条西公の縁者宅出入りの商人としてにわかに仕立て上げた。運搬業の丞太に居宅のある地域を徘徊させ、特に邸周辺を何度も歩かせた。今回は覚正自身は下調べはしない。彼等二人が持ち寄る情報を的確に分析して纏めれば良い、と考えた。全員を総動員して情報を集めに奔走させることは避ける方が良い。却って邸の者に急変を感付かせることになる。

年が明けると早い期日に実行することにした。標的の邸は三条西泰盛《やすもり》邸だった。塩小路《しおこうじ》通を遙か西へ進んだ桂川の近くだった。洛中ではなく洛外になり、覚正が勘造より聞いていた八条という地域ではなかった。

泰盛公がそのような辺鄙《へんぴ》な場所を居住地に選んだのは、京《みやこ》で働く公家衆との仕事上や対人関係上の軋轢《あつれき》から逃れることだった。工芸品に強い興味を持つ泰盛公は他にも、高価な香炉や香木などを所有するかも知れない。

素早く邸《やしき》の主名《あるじめい》と場所を覚正に知らせたのは秋五郎だった。

数日を費やして覚正は出来るのなら、それらを根こそぎ自分達の掌中に取り入れることを考えた。だがその後、絵巻物だけに触手を伸ばすことを計画した。香炉や香木などの高価な品物を掠め取る安全な方法を思いつくことは出来なかった。夜に押し込む従来の方法に依《よ》らないやり方を考え出した。

寛正六年（一四六五年）一月、新しい年を迎えた。覚正は満津、礼美、真魚と共に大日如来に合掌した。

「今年も家族が息災に暮らせますように。私の五人の部下であり仲間もつつがのう生活出来ますように。飢えて命を落とす者が一人でも少のうなることを。それに餓死した人々が死後の苦しみが少しでも和らげられることを。魂が癒やされますように」と、祈った。大日如来の真言「ナウマク・サマンダボダナン・アビラウンケン（胎蔵界）」を口元に漂わせて、新年の祈りを結んだ。

口唇に薄く紅を塗った妻は浄念坊の酒が、お客の間で評判を呼ぶことを願った。糠《ぬか》の匂いを仄《ほの》かに身体に纏い付かせた礼美は、良い男と祝言を挙げられることを望んだ。真魚は酒造りの技量を高めることを言葉で表わして、眼を輝かせた。

二十三歳になり東山の清水寺境内で立売りを行なっている朝之進《ちょうのしん》は、剃髪して僧に変身した。黒の僧衣は覚正が西大路四条近くにある春日神社すぐ傍の仏具商から買い入れた。物盗りに用いる小道具は家から離れて面識のない店《たな》で購入することにしている。桂川近くの三条西泰盛公の邸に朝之進は到着した。

「恐れ入りまする。高野山は金剛三昧院《ざんまいいん》から参りました蔘仙《じんせん》と申します」と、萱《かや》で葺《ふ》いた小さな屋根を持つ門の前で門番に、丁重に頭を下げた。

「何じゃ。用件は」と、門番はぶっきらぼうだった。

「愚僧が僧籍を置く金剛三昧院の住職が、三条西公がお持ちの絵巻物を拝見、閲覧致したく、そのお許しを戴ければと参った次第でご座居ます」と、頭を下げた。

「高野山・金剛三昧院とな」と、四十代に見える門番は訝った。有名な寺の名を知らない様子だった。

「源頼朝公の御后、北条政子殿が頼朝公の菩提を弔ろうて建立なされた高野山の重鎮を成す寺院でございます」と、丁寧に寺の由緒を告げた。

「そ、そっ、そんなこと、分かっておるわい」と、門番は髭を左手の指で何度も触って、落ち着かない様子だった。

「これを」と、言って蓼仙は永楽通宝を五十枚、門番に渡してから、覚正が捏造した金剛三昧院住職・通海《つうかい》による依頼状を渡した。

「う、うん」と、門番は依頼状よりも銭の重さに納得した様子だった。玄関に立っていた侍が取り次ぎ、依頼状を奥の間へと持って行った。蓼仙は暫くの間、頭を動かさずに辺りの気配を窺《うかが》った。

「金剛三昧院とやら、中へ入られよ」と、取り次いだ侍が玄関から顔を出した。

侍は敷居に腰を下ろし、土間に置かれた平たくて大きな石に足を載せて、質問し始めた。蓼仙は土間に両手を付いたままだった。底冷えの寒さが掌から伝わってくる。名も知らない香木がゆったりと上品な香りを漂わせている。

「住職の通海殿は絵巻物を見るだけに、はるばる高野からこちらへ下《お》りて参られるのか」と、通海の要望について真偽を確かめようとした。

「住職は現在、東寺に逗留しており、東寺詣《もうで》の良き思い出に是非、貴家のお宝を拝見出来ないか、と望んでおりまする」と、蓼仙は流暢だった。

「左様か。されど如何にして絵巻物を当家が蔵《ぞう》していると知ったのじゃな」と、侍は冷ややかな微笑を口元に漂わせた。

「東寺の長者様から教えて貰うたのでご座います。長者様は京《みやこ》の土倉とも懇意ゆえ。名だたる工芸品の動向は熟知してご座います」と、蓼仙は言葉巧みだった。

「いつ見たいのじゃな」と、侍は蓼仙の言葉の中に真実を認めた様子だった。

「出来ますれば早い方が。勿論、三条西様のご都合が良うご座いまする時で構いませぬ」と、答えて蓼仙は土間に額が付く位に頭を下げた。

「では、暫く待っておけ」と、侍は奥へ消えた。

四半時（約三十分間）は待っただろうか。侍が再び、現われた。無表情だった。

「金剛三昧院、ならば明後日に来ませい。明後日、十三日、刻限は巳《み》（午前十時頃）。良うござるか。その際、これは言わずもがなのことじゃが、絵巻物の見料《けんりょう》として緡《さし》一本を忘れぬように」と、命令口調を蓼仙に浴びせた。

朝之進は三条西邸でのことを一部始終、覚正に伝えた。

「さすがに公卿じゃな。少しでも金銭を稼ごうとするのじゃな。付け届けのことを忘れずに指示するとはのう」と、覚正は泰盛という人物に少なからず、軽蔑を覚えた。

一月十三日は早朝から冷たい雨が降っていた。鉛色の空から落ちる雨滴は空の色を映す桂川の川面《かわも》に吸い込まれていた。覚正は通海という架空の僧侶になって、金紗《きんしゃ》の袈裟《けさ》に身を包み、僧綱襟という後頭部迄をすっぽりと隠す衣を付けた。顔は眼だけが現われている。伴である蓼仙と弥助扮する苑昉《えんぼう》を従えて、三条西家の佇まいが眺められる所で巳の刻近くになるのを待っていた。三人共、普段慣れていない高下駄を履いている。

蓼仙が門番に用件を伝え、三人は玄関へ通された。

「これはこれは、生憎《あいにく》の雨の中をよーく来られた。んっ、籠で来られたのではござらぬのか。徒歩《かち》で来られたのでござるのか」と、侍は三人の労を犒《ねぎら》おうとした。先日、蓼仙に応対した時とは対応が異なり、同一人とは思えない。

「籠は忍びの参内《さんだい》では却って目立つゆえ、徒歩《かち》で雨の中を参った次第でのう」と、覚正扮する通海は理解しにくい理由付けをした。逗留先の東寺は遙か遠く離れているので、徒歩では無理であろう。

「顔を隠してござるのは周りの者に分からぬよう忍びで参ったため。非礼を許されよ」と、侍に尋ねられていないことを通海は告げた。

「傘はそこの隅に立てかけて下されば結構。雨はもう止むのかの」と、侍は小降りになったことに気付いて、暗い空を見上げた。

三人は板間に座って指示を待った。すると、通海が控えている正面の板戸が音もなく少し開いた。通海は気付かない素振りをした。小さくて弱い光の縞《しま》が差し込んでいる。故意に開けられていることを悟った。当主の泰盛公が自分達の様子をじっと窺っているのだろう、と通海は想像した。朝之進と弥助は決して不安な眼差しを四方に投げかけることなく、厳しい修行により培った強い精神力を持つ僧を演じた。それは今日のために覚正が彼等に、中楽《さるがく》の合間に演じられる狂言のように演技指導をしたのだった。子供の頃、寺小僧を務めた経験を役立てた。

「うまくゆくだろうよ」と、通海はこれ迄の夜盗とは異なる初めての試みから生じる心の揺れを抑えようとした。

侍が三人の前に現われた。後に従うことを指示した。通海達は客間に案内された。

「しばしの間、ここにて待たれい」と、侍は命令口調になった。

一段高くなった主《あるじ》用の床の横にある襖《ふすま》に動きが生じた。三人は両手を床板に付き、頭を深く下げていた。主が入室してどっかりと敷き物に腰を下した様子が、聴覚としてとらえられた。

「面《おもて》を上げよ」と、侍の声が上方から落ちてくるように聞こえた。

「儂が当家の主、三条西泰盛なるぞ。そこもとは高野山・金剛三昧院・通海とか。足元が優れないにも拘わらず、よう参られた。曼荼羅寺縁起絵巻を高覧致したいとのこと、京での逗留の土産話に、とくと見て行かれよ」と、ゆっくりと威厳を込めてはっきりとした口調で語った。

もう一人、側近の侍が現われて絵巻物を通海の前へ持参した。桐箱の紐をゆっくりと解いて取り出した。

通海は目前に少しずつ現われた絵巻物の様々な場面を眼で追った。

「ふーむ」と、絵の見事さに通海は心の高まりを感じていることを他者に知らせるかのように大声を発した。更に「ふーむ」「ふーむ」と、不自然な声だった。

「泰盛、遺恨を覚えておろう」との怒声《どせい》が玄関から放たれた。

「お館様《やかたさま》、賊が侵入してござる。お逃げ下されし」と、番人が声を震わせて危険を知らせた。二人の侍は事態の急変を知って、主を守ろうとして脇差を抜き主を囲んで構えた。

朝之進と弥助は隠し持った脇差を抜いて泰盛の方へ威嚇した。通海は絵巻物を紐で縛り、持ち合わせの油紙で包むと桐箱に納めた。すぐ傍の襖を蹴破り、廊下から庭へ飛び下りて塀をよじ登った。

三人は冷たい風の中を装束に泥水を浴びてもと来た道を走った。少し遅れて罵声を発した賊に扮した丞太が、三人を追ってやって来た。泰盛の家の者達が追って来そうにない所で通海は大ぎょうな袈裟を脱ぎ、頭陀袋《ずだぶくろ》に畳んで納めた。

「うまくゆきましたな」と、朝之進は満足気だった。

「うん、うん。お前達がうまく振る舞うてくれたからの」と、覚正は息を切らせながら答えた。

洛中へ入った。絵巻物は覚正が預り、出来る限り早く難波《なにわ》（大阪）にある工芸品商に売ることを三人に告げた。京《みやこ》や京に近い近江《おうみ》で捌くことは危険が伴う。

泰盛は絵巻物を盗まれたことを幕府に届け出るに違いない。そうすれば、銭貸し業者である酒屋や土倉へ幕府から盗品を書き記《しる》した書状が届けられる。だが、京《みやこ》や近江の国以外の地域へは、その書状はかなり遅れて届けられるか、配られないこともあり得る。

処分して得た銭を皆で分配して生活を楽にしたい、と覚正は考えた。「宜しう頼む、棟梁」と、朝之進は坊主頭から湯気が立ち上《のぼ》っていた。弥助も頷きながら眼を輝かせた。

今迄は夜盗であると自らを見做していた。だが、今回のように昼日中《ひるひなか》に物盗りを働くことにより、行動を広げることになった。そのように考えると可能性の拡大を感じた。満足という大きな筵《むしろ》の上に寝転んでいるような思いを味わった。と、同時に黒い笑い声を自身の中に聞いたのだった。

南西の方角以外は山に囲まれた京の冬の寒さが底を突く頃、丞太の家でささやかな酒宴が催された。覚正は部下達に招かれた。丞太の母親は滋養の高い八ツ目鰻や鰻を口にする機会が増した様子で、顔色は悪くはなかった。生来の美形で鼻筋がすっきりとしている。口唇にうっすらと紅を引いているのは、この集まりに参加する者達への女性としての嗜《たしな》みなのだろう。

「母上殿、ご機嫌、如何でござるか。顔色、秀れておるようにお見受け致すが」と、覚正は挨拶した。

「うん、うん。近頃は咳も殆ど無《の》うて家の周りを歩けるようになり、喜んでおる。これも棟梁のお蔭と、息子共々、感謝しとりまする」と、深々と頭を下げた。

「もし余裕が出来れば次は、薬師《くすし》に診て貰うことじゃな」と、覚正は丞太を諭《さと》すような口調だった。

「沢山、銭を稼いで薬師に診せたいものじゃ」と、丞太は母親に誓っているようだった。

「棟梁が言うたように疣鯛と鰻の皮は焼いておいた」と、丞太は明るい声だった。

「おお、そうか。それと、茗荷を輪切にしようぞ。水飴を少し混ぜた合わせ酢を持って来た。鰻の皮を漬け込んで美味なる酢の物を酒の肴にして、酒杯を重ねようぞ。いやいや、その前に太鼓を叩いて酒宴を盛り立てることに」と、覚正は短い桴《ばち》を手にした。太鼓を叩き始めた。建て付けの悪い小さな家は太鼓が奏でる音により、建物が振動し始めた。音は容易に往来へ漏れているだろう。勘造、朝之進、弥助、丞太、秋五郎の手拍子が座を盛り上げた。ひと仕切り、覚正は太鼓を叩いた。隅で遠慮がちにしていた丞太の母親も、熱心に手拍子を送った。

「さっ、親方、酒を」と、秋五郎は盃《さかずき》を覚正に差し出した。覚正は太鼓の腕前を披露した後、部下に粗悪な濁り酒を注がれて気を良くした。

「いつも俺達のことを考えてくれて、親分、有難とうよ。これからも宜しゅうな」と、秋五郎は頭をぺこりと下げた。

「こちらも宜しくな」と、覚正も心を込めて頭を下げた。

「ほんにこの酢の物、美味じゃの」と、母親は眼を細めた。「酒屋の主《あるじ》殿は味覚にも秀れておるの」と、付け加えた。「いつも息子が世話になり感謝申し上げまする」と、再び母親はやさしい眼差しになった。

「母上にそれ程迄、頭を下げられれば、恐縮致しまする」と、覚正は声を上《うわ》ずらせた。

外は太陽が高い。酒盛りがたけなわだった。

「親分の元で儂が働き始めて五年が経つが、親分は酒造りの他にこれを始めることになったのは、何がきっかけなのじゃ。日頃、不思議に思うておっても、ゆっくり尋ねる時もないのでのう」と、最初に覚正の下に加わった秋五郎は右人差し指で盗みの印《しるし》を作った。

「そうじゃ、儂も聞いてみたい」と、朝之進は勘造に濁り酒を勧めた。

「十代、二十代のお前達が相手では四十四になる儂は年寄りかも知れぬな。年寄りの生き方は若者の興味を駆り立てようぞ。酒屋は安全な商いじゃが、仲々、益が出ぬな。物盗りは常に危険が付き纏《まと》うの。押し入った先で斬り殺されるかも知れぬし、幕府に捕らえられれば事により打ち首になり、六条河原で首が晒《さら》されるやも知れぬ。だがよ、暮らしを少しでも楽にするには沢山の銭が無ければのう。儂のように二十一歳で酒屋を始めた新参者は、酒を売るだけでは生活は苦しいの。他に何かをせんとな。それに富は特定の者に集まるものじゃが、そうでない者にも分かち合わねばの」と、一同を見渡した。若者達は首を縦に振った。

日頃、暖をとるだけに用いる炭を買うことの出来ない覚正達は、酒がもたらす酔いから生じる温かさに全身を包まれた。

覚正の生い立ち

覚正は応永二十八年三月に洛中は下京で塗師《ぬっし》を業《なりわ》いとする父親の六番目の子供として、生を受けた。父は盆や硯箱、それに折り櫃のような食べ物を入れる器に、黒や赤の光沢のある美しい色合いを放つ漆を施す仕事を丹念にこなした。そのような器は高価であり、市井《しせい》の人々には無縁の品物であった。公家、僧侶、豊かな武家が顧客だった。生まれる前年は大旱魃《かんばつ》が起こって木津川、宇治川、桂川、淀川が干上ってしまった。上層階級の人々に支えられた仕事のお蔭で、親は天変地異にも拘わらず高騰した米や野菜を買う糧を手に入れることが出来た。

二歳になった覚正は、日増しに足腰が丈夫になり、短い距離を走る楽しさを身につけるようになった。東西に延びる四条通のすぐ南にあり、生家のある仏光寺通を不安定な足どりで走っていた。その時、行く手を若い女が横切ろうとしたかと思うと、地面に倒れてしまった。覚正は往き倒れの女の上に躓いて腹這いになって倒れてしまった。母親に抱き起こされることを願って、そのままうつ伏せていた。すると、事切れた女の身体が硬直し冷えてゆくのを小さな掌で感じた。その感触は四十四歳になった今日でも忘れることはない。

三年前に起きた旱魃の影響がすぐに癒えて、食糧を極貧の民も口にすることが出来たのなら、あのような飢え死にはなかっただろう。政治《まつりごと》に携わる武将達が毎日摂る二度の食事を、少しでも人々に分け与えたのなら、彼女は生き長らえただろう。過去の出来事に「もし……ならば」という感傷的な思いは成り立たない、と考える輩《やから》がいる。その考えに間違いはない。だが、生きてゆくための条件が全て損なわれて、死という針が敷き詰められた筵に身体を横たえざるを得ない者がいることは、理に適わない。少しでも死への道のりにそれを妨げる大きな岩のような物を置くことが出来ないものか、と覚正は考える。ややもすると、餓死者は生きる意志力の弱さにより、已《や》むなく死ぬ、と考えていた。だが、少しずつ自《みずか》らの思いを変化させた。だから、「もし」という仮想の言葉を使いたくなる。

八歳になると鴨川の東岸よりも三町程、東の洛外は東山三条の地にある不動明寺に預けられた。長兄や次兄は父親の仕事を継ぐように育てられる。それ以外の兄弟は喰い扶持《ぶち》を減らすために寺院や神社、武将宅などに預けられて働くようにし向けられる。寺は真言密教を奉じていた。八年間、雑事に励んだ。修行僧が仏道に精進し易いように彼等の身辺の事や庫裡内で食事の賄いなどが、主《おも》だった仕事だった。修行僧と同じように剃髪していたので、住職が他の寺を訪問したり武家の要人に再会する際は、童子《どうじ》を務めた。住職の手回り品や付け届の品物の運搬、警護がその任だった。

覚正は日常の読み書きの他、真言密教に関する経典の字句の解釈についても、修行僧から学んだ。密教の教えに興味をそそられた。修行僧が語る話題の中で最も強く覚正を捉えたのは、真言密教を我が国へ伝えた空海の業績だった。唐での高僧・恵果《けいか》は自分の後継者になるべき僧を中国人の弟子の中からではなく、遙か遠く異国から来た留学僧《るがくそう》・空海を指名した。空海という人物とその高い能力を伝え聞いていた第七代阿闍梨《あじゃり》・恵果は、空海に会い、その徳を確かめたのだった。空海は如何に他の修行僧から抜きん出ていたかが分かる。

覚正が息子に真魚《まお》と名付けたのは、それが空海の幼名だからである。覚正はその名に畏敬の念を持ち、聡明な子供に育って欲しいとの願いを込めた。更に「マオ」という響きが心地良く、六百年以上も昔の幼名なのに実に今風《いまふう》に聞こえる。

空海は六十二年の生涯の中で幾つもの偉業を成し遂げた。讃岐の国（香川県）にある満濃池の修築工事は、この途方もない巨星を物語る恰好の事業だろう。満濃池は雨の少ない讃岐の地域に聖武帝の頃、溜池として作られた。大雨が続くと堤が容易に破れ、田畑が冠水した。田畑が使えなくなり百姓は困窮した。空海は思案を凝らして池の復旧工事を計画して天への祈りの言葉を尽くした。讃岐に住む多くの村人、町人、漁村の人々は第八代阿闍梨・空海の下に労役奉仕や炊き出し奉仕に勤めた。彼等の胸は夢に満ちていた。水を掻き出した後に池底の中心部をこんもりと盛り上げ、端は低くした。池の堤の内壁を砂利と石で固めた。水圧が一つの地点に集中しないように分散させるためだった。再び、水が張られた。その後、大雨が遠慮することなく天から落ち続けた。水嵩が増しても満濃池は涼し気な表情を付近の人々に返した。治水工事に係わった大勢の人々や役人達は、工事を指揮した空海を仏の生まれ変わりとして崇《あが》めた。その考えは覚正が空海に対して抱く畏怖《いふ》の念を形作っているのかも知れない。

覚正は十五歳の時、住職が讃岐にある善通寺へ詣でる際の供《とも》の一人に選ばれた。年齢に比べて身体が大きく、頑健でもあり充分、護衛の役割を果し得ることが、その理由であった。空海の父、佐伯善通《よしみち》の名に因《ちな》み空海が誕生した地に建つ善通寺で十日間程、逗留した。寺の南東方向へ七十五町（約八・二キロ）の距離にある満濃池も訪れた。池の北端の堤に立ち池全体を見渡した時の眺めと感動は、今尚、眼を閉じれば容易に再現出来る。巨大であり湖と呼んでも何ら差しつかえがない。南の端は鬱蒼とした木立の中へと溶け込んでいた。

「田畑を潤すだけの灌漑《かんがい》用の池とは思えぬな。湖ぞ。かくも大きな池を修繕して決壊を防ぎ、民を洪水からよう救うたものよ」と、住職は褒めそやした。覚正自身も全く同じように感じた。

空海は中国語に堪能だった。恐らく中国人以上に難解な中国語を自由に操れたのだろう。日本へは中国の文化の殆どを文献の形で持ち帰ったに違いない。それで万巻の書物の中から治水や土木工事に関連したものを選んで、満濃池の修築工事の方法を編み出したのだろう。

この讃岐・善通寺への旅は、覚正にとって忘れることの出来ない思い出となった。単なる生活範囲の広がりを経験しただけではなかった。偉業を成し遂げた空海について住職から様々な事柄を耳学問出来たことだった。人間として善いことを成さねばならないことを強く感じた。

その後、覚正は酒屋として多額の税を幕府に納める市井人《しせいじん》として生活している。その酒屋以外に富を集め過ぎる富裕者から、財の一部を拝借して貧しい若者達と分かち合っている。自らの行ないを正当化するための自身の理屈には、矛盾が住みつく隙間はない。

讃岐から京へ戻った。鴨川の氾濫により流されていた四条と五条の大橋は架け替え工事が進んでいた。旱魃の後は洪水を引き起こす程の大雨が地面を叩き付けた。乾燥した季節には農作物が枯れてしまった。新たに農作物を育てていると充分、生育しないうちに田畑が大雨に流されてしまう。百姓は農作物を収穫出来ない。

その年の初冬に東山地域の丘陵地にある法観寺の五重の塔（八坂の塔）が炎上した。春には東寺の五重の塔が雷を受けて全焼していた。それらの塔は京《みやこ》に住む人々や、京へ入って来る人々にとって空中に浮かび立つ大きくて確かな道標《みちしるべ》になっていた。法観寺の塔は洛外・五条の場所を示し、東寺の塔は洛中・十条を教えた。よって覚正にとってかけがえのない讃岐行きの旅の年は、京では洪水と寺院への災害の年でもあった。大勢の人々が生命を失った。

不動明寺は修行僧が真言密教を学ぶ恰好の場所であったが、大勢の死者が冥界《めいかい》へ導かれる所でもあった。死者を祀《まつ》る堂宇を新築したり祭壇を常に良好な状態に保つには、多額の経費が必要だった。覚正が仕えた寺院だけではなく他の寺も、死者のために祠堂銭《しどうせん》という寄付金を募った。だが名目とは裏腹に集めた銭を元手にして大抵の寺院は銭貸し業を営んだ。不動明寺のように寺の財政を支えるための荘園が小さく、荘園名主《みょうしゅ》からの寄附が少ない寺院は多い。そのような寺院は銭貸し業を営むことは魅力的だった。

寺の運営とは別に学僧達の仏道に邁進する生き方は、真摯《しんし》そのものだった。空海が自らの著作物を通して仏道を光輝かせ、彼等に見誤らせないようにしていたのだろう。彼等の姿に接しているうちに覚正は自分の将来を考えるようになった。

不動明寺でいつ迄も召使いのような仕事に甘んじることは出来ない。やがては修行僧よりも自分の方が年長者になってゆく。修行僧に転身することは望まなかった。修行のために何日間も大日如来や他の菩薩の真言を、唱え続けることは出来そうにない。月輪《がちりん》と呼ぶ円の中に「阿《あ》」と読む特殊な形の文字を書きその前で瞑想する阿字観《あじかん》という修行を学僧は実践する。「阿字は即ち菩提の心。この字を観《かん》じて共に相応すれば毘盧遮那法身《びるしゃなほっしん》の体と同じくなる」と、修行僧は教えてくれた。真言密教の中心を形作る教えに思える。覚正は阿字観を行なう僧に敬意を払うものの、自身がその道に歩むことを望まなかった。

「信心が薄いな」と、自分に言って聞かせた。「何か出来そうなことはないだろうか」と、自問する日々が続いた。蒲公英《たんぽぽ》が道端に黄色い花を咲かせる頃だった。不動明寺に酒を納める酒屋が酒造りの見習いを必要としていることを、酒を届ける使用人から直接、詳しく聞く機会を得た。

その酒屋は五条坂の南にあった。五条坂からは清水寺の朱塗りの三重の塔が、老若男女に手招きするかのように間近に見える。不動明寺からは二町程、南へ下った所だった。酒屋が密集している地域は鴨川の西、洛中にあり、北は四条坊門と五条坊門の間、東は東洞院通《ひがしのとういんどおり》、西は西洞院通に囲まれている。覚正は見習いを求める酒屋への強い興味に任せて見学に赴いた。春のうららかな太陽を黒灰色の作務衣《さむえ》に受けた。将来への不安を抱く身体が暖かくなり、気分も楽になっていた。

酒屋は屋号を「石屋《いしや》」と呼んだ。先代の創業者が主に墓石の加工技術を若い頃、学んだことに因《ちな》んでいた。店主の二代目清右衛門《せいうえもん》に酒屋勤めを切に望んでいるか否かを確かめられる質問を浴びせられた。米が麹かびと水、酵母により少し酸味を持つが美味しい酒に変化することに興味があること。酒造りの作業を学びたいことを年齢不相応と思える位、落ち着いてゆっくりと述べた。

面談後、作業場等を説明を受けながら見て回った。

「大きな酒壺は年によって異なるが、大体八十位は使《つこ》うて酒を保存しとる」と、清右衛門は誇らし気だった。

最も小さな酒屋は酒壺の数が六台、京《みやこ》最大の柳酒は百五十を数える。そのことから推し測ると、二代目になる「石屋」は商いが順風で繁盛している、と考えられる。「俺も親方や杜氏《とうじ》と共に酒を造る手伝いがしたい」と、覚正は馥郁《ふくいく》とした香りが放たれる広い作業場で強く自らの胸を弾ませた。

「酒を置くこれらの棚もお客の買う気を高めて貰うため、もっと見栄えがする檜の板に少しずつ換えてゆくつもりじゃ」と、清右衛門は言葉に熱を込めた。

覚正は黙って頷いた。「石屋」を後にする直前に尋ねた。一日でも早く働きたかった。

「雇うて戴けるか否かは、いつ分かりましょうぞ」

「返事を急ぐのか。そうじゃな」と、清右衛門は自身に問いかけているようだった。

「ふーむ、良ければ今すぐにでもここで働いて貰うても構わぬが。じゃが、仕度があろう。よって整い次第、働きに参られい」と、清右衛門は好意的だった。

働き始めて分かったことだが、清右衛門による求職者の採否の判断は職を求める者の表情に依《よ》るとのことだった。酒屋の仕事についても好悪《こうお》、熱心に勤めることが出来るかはひとえに求職者の表情の強弱により分かるらしい。学僧による読経《どきょう》の声、堂内に垂れ込める墨の匂いが酒の香りに変化した。酒屋見習いが覚正の新しい身分になった。酒屋見習いと言っても酒は一年に二度しか造られない。だから普段は雑用、配達、店番《たなばん》が主だった仕事だった。

酒米が四条に構える四府駕輿丁座《しふかよちょうざ》という座に入荷すると、荷車を仕立てて受け取りに行く。その座は商い品を配達もするが、送り届けて貰うと商品の値段がぐんと跳ね上がる。商いでは人の労力が付け加わると、品物の値段が法外に上ることがある。だから、そのようなことは極力、避けるのである。

使用人は季節労働者の杜氏《とうじ》を除くと、覚正を含めて四人だった。清右衛門は四人を能率良く使った。店先に据える檜板の棚は番匠を雇ってしつらえさせると、時にはかなりの費用を請求されることがある。

「お前達はよその酒屋へ赴き、良さそうな棚を見て参れ。それを覚えておいて儂に絵図にして教えてくれろ」と、棚の形や掛け方を指示した。覚正は他の使用人と同じように、暇な時を見繕っては他の酒屋を訪れ、客を装って棚に瞳を凝らせた。四人から差し出された絵図の中から一幅を清右衛門は決定した。覚正からのものは残念なことに採り入れられなかった。清右衛門は材木商に檜の棚板を発注し、自らが適切な寸法に切って取り付けた。

覚正は商いをする上で大切な事柄を教えられたように感じた。酒屋を営む経費を極力、抑えながらも商いに役立つ設備を向上させることは怠ってはならない、ということだった。

「石屋」に勤め始めた年の夏のことだった。五条坊門室町から天を焦がすかのような炎が舞い上った。四条から三条へと北上し、西は西洞院《にしのとういん》迄、広い地域を不気味に動く巨大な赤い舌が、板葺きの粗末な家々を舐め尽くした。

「親方、『石屋』が酒屋の密集地域にのうて（なくて）良うございましたな」と、覚正は安堵感に浸った。

「うむ、かの地でのうて助かった。命拾いぞ」と、恐怖心を湛えながらも小さな微笑を漏らした。

大きな災害から二か月半後に覚正は初めて酒造りに加わった。親方の指示を受けて手際良く働く三人の先輩達の動作をよく見ながら、熱心に真似る仕草を続けた。

「油断は禁物、酒造りに油断は大敵」と、先輩達は親方の口癖を常に復唱した。いつしか、覚正も先輩達の言葉が自分のものとなった。酒造りの作業が終わりに近付いていていた。既に作業場には豊潤な香りが、京《みやこ》に漂う底冷えの寒さを穏やかに和らげていた。

「長い日数《ひかず》がかかったものの、これで我等の生活の糧《かて》が確保出来ようぞ」と、親方は嬉しそうだった。それは覚正達には労働への犒《ねぎら》いのように響いた。

覚正は美味なる酒造りに加わることが出来て満足気だった。寺での下働きと、朝夕二回の食事の賄い、住職の外出時の供としての仕事などとは、酒造りは根本的に異なっていた。「石屋」での仕事には作り出す喜びがあった。

「『石屋』の酒はほんに美味よのう」と、客が称賛するたびに新参である筈の覚正は、自身が褒められたように感じた。不動明寺では七年間、働いたのだが褒められたことはなかった。「粗そうは無《の》うて当然のこと」と考えるのが、住職や修行僧の覚正に対する態度だった。それは寺院という信仰と学問の場が常に強いる精神の緊張を求める世界だったからだろうか。被災した多くの酒屋が受けた被害とは逆に、「石屋」は酒を求める客が絶えなかった。客の賛辞という耳にやさしい響きを増幅させながら、覚正は仕事に活力を傾けた。先輩達も親方による仕事上の指示を、自分達を高める聖人の励ましのように解釈した。

二年が過ぎ去った。鴨川堤に育つ柳の若緑色《わかみどりいろ》の薄い葉がその下を行く人々に、春の気分を楽しませる頃だった。夜が明けきらないうちに覚正は先輩の一人に揺すり起こされた。

「変じゃ。外が騒々しい」と、彼は言うなり、親方夫妻が眠る部屋へ異変を知らせに行った。

「ここも酒屋ぞ。思いっきり潰せ」

「おーっ」と、大勢の声が一斉に答えた。

「勝手口からとにかく逃げよう。ここに居ては危ない」と、先輩は言った。

覚正は腹巻きに財産とは言えそうにもない少額の銭を隠して、寝巻き姿のままで入会地へ飛び出した。玄関の板戸を叩き破った暴徒は棚に置いた酒壺を運んで来た荷車に積んだ後、部屋へ乱入した様子だった。

「相手になると怪我をさせられる。とにかく逃げよう」と、清右衛門は銭を入れた壺を妻と運びながら指示した。覚正達は抜いていた数打ちを鞘《さや》に納めた。

逃げる、と言っても当てがある訳ではない。狂った集団が襲って来そうにない所迄、走るのである。一旦、鴨川に架かる四条大橋を渡り洛中に入った。振り返って「石屋」がある方角に眼を凝らした。炎が上っていた。

「んーん、腹立たしい」と、涙ながらに言葉を吐き出す親方と奥さんを含め、四人の使用人は悔し涙を禁じ得なかった。

一揆勢に覚正は不動明王の忿怒《ふんぬ》の怒りを覚えた。構成員には生活困窮者は思いの外、少ない。暮らしにそれ程、難儀しない百姓や運送業の馬借が後押しして、更に少数の地侍が率いた暴徒の集団だろう。彼等は叡山（比叡山）の領地内で既に行なわれている私的な徳政令を公的な幕府が、発令することを求めるのかも知れない。銭貸し業を営む酒屋や土倉から借りた銭を返さなくて良い、とする命令を望むのだろう。

太陽が南の空に昇っている頃、親方は花の御所を被害説明のために訪れた。覚正も同行した。花の御所の玄関とその前の空間は、暴徒による被害者で埋め尽くされた。

「被害を被った世帯は一名のみ代表者を立て、被害申告をされい。その者以外は当御所よりすぐ前の室町通へ出て待たれい」と、髭面の男が大声で怒鳴った。その命令を受けて長い木の棒を地面に立てていた警備役の男達が、人の群の中に分け入り瞬く間に分断した。覚正達も親方と離れて南北に延びる室町通に投げ出された。

「おや、『石屋』のお店《たな》の人では」と、その時、声を投げ掛ける人がいた。先輩が応待した。

「『石屋』さんは気の毒よな。店《たな》と家を焼かれてしもうて。儂んとこは入会地に置いといた臼《うす》を盗まれてな」と、その家の息子が被害を報告した。

親方が花の御所から出て来るのを待っていた。数人の役人達が覚正達の横を通って花の御所へ戻って行くのだろう。

「日頃、用心棒を雇うて自らを守っているなら、被害はなかったか軽うて済んだものを。それをせなんだがゆえにこのように並ぶ羽目になり、不細工よのう」と、侮りの言葉を吐いた。覚正はその役人を睨みつけて抗議をしたい思いに駆られた。先輩の一人が覚正の様子を察知して肩に腕を回して、覚正の身体の向きを変えさせた。だが覚正は再び、その役人の後姿を眼で追った。先輩は憤りを和《やわ》らげるように忠告した。

親方は申告を終え外に出て来ると、覚正達を認めた。

「親方、今晩、寝る所がご座らぬかと。宜しければ私の実家に来られませぬか」と、先輩の一人が誘った。

「ふーむ。女房の親元で寝泊りすることにさせて貰う。申し出、有難く思う」と、清右衛門は空元気《から》を絞り出しているように見えた。

「石屋」という酒造りの場を失くした覚正は暫くの間、放心状態にあった。折角、親方の指導を受けて酒造りに係わった技術を反古《ほご》にすることが惜しまれた。

嘉吉《かきつ》の変―嘉吉元年（一四四一年）

日増しに覚正は自分を取り戻していった。帰れる所があることが、それを促したのだろう。「父さん、済まぬな。少しの間、ここに住まわせてくれ」と、覚正は父の繁次郎《はんじろう》に事情を伝えて許しを請うた。「仕方あるまいな。野宿を重ねていては危険ぞ。母さん」と、繁次郎は妻を見て持っていた漆の筆を休めた。

焼け出されてからは七条高倉通にいた。実家で親の世話を受けながら仕事を捜して町を歩いていた。三十代前半に見える見知らぬ男に声を掛けられた。「仕事をせぬか、お邸《やしき》で」と、尋ねる男は身なりや言葉遣いから警戒する余地はなさそうだった。酒屋に勤めることを望んでいたが、職なしで過し続けることは出来なかった。

武家の邸で下働きを始めた。邸の主は赤松満祐《みつすけ》だった。三管領《かんれい》の一人であり、播磨《はりま》（兵庫県の一部）と美作《みまさか》・備前（共に岡山県の一部）に広大な領地を有していた。恐らくは足利将軍家よりも豊かな禄高を誇っていただろう。足利幕府を開いた尊氏《たかうじ》が生来の気前の良さと、北朝を開くために自分の支持者を集めようとして、数名の武将を厚遇し過ぎた結果だった。

赤松邸は二条通と夷川通により南北を仕切られ、西洞院通と油小路通により東西を区切られていた。広さは七七〇〇坪に及ぶ。広大な敷地は主が住む建物、長男・教康《のりやす》が暮らす家屋、他の息子達が寝起きする建物などに分けられる。それに荘厳な能舞台が森の中に控えていた。それらは、やや低い土塀で仕切られる。

覚正の仕事場は主が住む建物だった。深い緑色を湛《たた》え、鴨が渡って来る池やその周辺の灌木を整える仕事、風呂炊きや賄《まかな》いなど、広範囲に及んだ。数人の下男、下女と共に働く場合が多かった。

下女の中に四十歳位の下女頭《がしら》がいた。赤松邸に勤めて十八年になる最古参で、名前を「笹《ささ》」と言った。ぽっちゃりした体型で声量が豊かだった。よく働き仕事もそつがなかった。或る日のこと、朝餉の片付けが終わると覚正は廊下で待つように笹に指示された。十九歳の若者は笹の眼からは武家邸で勤めるのには不器用に映ったのかも知れない。

「いいこと。少々、嫌なことがあろうとも左様な気分に負けることのないよう神経を太うして働くように。お武家様は気位《きぐらい》がお高いからの。主殿《あるじ》は特にそうじゃ。威張り散らすお大名じゃな。恐怖心を抱き易いのかもな。侍頭《さむらいがしら》は主殿の気分を損なうことを恐れて下男下女に負担を押し付けるのが常ぞ。けれども何があろうとも我慢致せ。仕事は楽しゅう、皆で力を合わせてやって行《ゆ》かねばの」と、にこやかに言って饅頭をくれた。その饅頭は数日前、主が客を招いた時の残り菓子だった。

先輩風《かぜ》を吹かさず、親しみ易い笹に覚正は興味を覚えた。仕事の合間に個人的なことを尋ねた。

「長くこのお邸《やしき》に勤めて最も嫌な思い出は何でござるか」

「そうね、主殿が例の短気から邸を焼き払《はろ》うて、播磨へ往《い》んで（帰って）しもうたことがあっての。仕えてる下女、下男は追いかけて行き彼地《かのち》で仕事をすることが出来ず、職を失のうて生活が出来のうなってしもうての。それで私は……」と、語り始めた。

赤松満祐は短慮な武将であるようだ。十数年以前、応永三十四年（一四二七年）、第三代将軍・義満の息子で第四代将軍・義持公と所領を巡っていさかいを起こした。そのために不満を募らせて自邸に火を放ち自分の領地の一部である播磨へ戻ってしまった。後になって将軍は満祐の浅慮を許して侍所の長官である別当の地位を与えた。満祐は感謝の意を強く表わして正長《しょうちょう》元年（一四二八年）九月に起きた正長の土一揆を鎮めることに尽力した。

笹は赤松満祐が京《みやこ》へ戻って来ることを風の中にはっきりと聞き付けた。新装なった邸で再び職を得て働き始めた。

「赤松様が京へ戻ってみえる迄の間、私は惨めでのう。仕事がのうて銭もすぐにのうなった。住む所もないので道端で寝ての。雨の日は神社の樟の下で雨露《あめつゆ》を凌いだ。男に襲われなんだことが不思議じゃ。私は男に相手にされなんだのかの。それに流行病《はやりやまい》にも罹《かか》らずに」と、自らの強運を不思議がった。

「お侍は、特に広い領地を持つ大名は自分の意のままに生きることが出来るの。生業が豊かゆえ銭を払えば大概のものは手に入る。銭で人をも簡単に動かせる。だから、そういうお侍を見つけて自分からは離れることをせねば、一生、食べてゆけるかもな。私が飢え死にせず流行病にも罹らないのは、毎日、仕事を与えられて一日、二度の食事が出来るからぞ。赤松様のお蔭」と、笹は感謝の気持ちを表わして眼を一瞬、閉じた。

「あんたはもう十九歳かの」と、笹は覚正に話題を振ったかのようだった。

「もう良え《え》歳じゃの」と、意味ありげな言葉を続けた。

「『女松拍子《おんなまつばやし》』って見たことあるかの」と、覚正は聞き慣れない言葉を尋ねられた。

「お正月に生魚座《なまうおざ》の座人《ざじん》が踊ったりお囃子《はやし》をしよう。もし覚正さんが興味あらば連れて行こうぞ」と、笹は明るく微笑んだ。

「お願い申す」と、覚正は笹の企てを半ば予期しながら答えた。「ひょっとして」と、年頃の男子が持つ望みが火打ち石により灯が点されたかのようだった。

新しい年が明けて十一日になった。六角町《ろっかく》の往来で覚正は笹が持って来た筵に腰を下していた。笹に誘われるままに早く来たのが良かった。一番前に座ることが出来た。

「真ん中の左から二番目、笛を持ってる娘さんを見てご覧な。満津《まつ》、名前は満津と言うの。綺麗でしょ」と、笹は声を弾ませた。

満津は朱色の口紅を施し、紫色の烏帽子《えぼし》を被っていた。浅い紺色の縦縞《しま》で薄手の綿入れを着て、緑色の脚絆《きゃはん》をふくらはぎに巻き付けていた。華やかな美形のその娘は鮮やかな色彩を全身に纏って、一層、容姿が引き立っていた。

「新しい年、嘉吉《かきつ》元年（一四四一年）が明けて早《はや》十一日、今朝《こんちょう》はかくも美しい天気《ていけ》の下《もと》、皆様に会える光栄、格別でご座います。巷《ちまた》は三日病《みっかやまい》、気の毒な餓死者、乱暴狼藉《ろうぜき》で満ち満ちておりまする。されど、六角堂に近いこの六角町には左様な不幸はありませぬ。我等女ばかりで日頃の腕前を皆様のお耳に響かせ、お眼《め》にご覧、入れまする。皆様を楽しませることが出来ますれば、喝采を戴きたく、またお布施を賜わりますれば、殊《こと》の外《ほか》、幸甚《こうじん》に存じまする」と、十人の中で最も年長に見える女性が、天に迄、届くようなよく通る声で口上を述べた。町角が一層、華やいだ。

覚正も大勢の見物客と一緒に拍手を送った。

「それでは第一曲目、『年の始めに』を奏しまする」と、快活に言って視線を前後、左右の聴衆に放った。

満津と呼ばれる娘は視点を一箇所に定めたまま、不乱に横笛を吹いた。覚正は満津が集中力の秀れた人物であると感じた。

青空が高く澄んでいるので、叡山から吹き降りる風は尖っている筈なのだが、十人の奏者は全員、顔を紅潮させていた。敲《たた》き鉦《がね》、太鼓、鼓が二人ずつ、横笛三人、琵琶一人から成る女松拍子は四半時程、休みをとることなしで見物人を楽しませた。音の長短と高低を担う横笛は花のような鮮やかな響きを奏で、琵琶は曇ったような音色を遠慮がちに発した。太鼓は横笛を囃し立てるかのように、一層、曲想に活気を与えた。鼓は拍子を刻み、横笛が奏でる旋律と絡《から》み合い、敲き鉦は金属音が囃子を色彩豊かに彩《いろど》った。

最後の曲が終わると喝采が沸き起った。覚正も笹と共に掌が痛くなる位、拍手した。

「皆様方の喝采と励まし、我等の女松拍子により嘉吉元年は幸《さい》、満ちる年であることを確信致した次第でございまする」と、年長の女性は深々と頭を下げた。

布施を聴衆達は道端に置かれた鉄鉢《てっぱつ》に入れた。覚正も腰を屈めて洪武通宝を三枚、寄付した。

「覚正さん、こっちへ」と、笹は満津の所へ来るように手招きした。

「満津でご座居ます」と、覚正に頭を下げた。

「かっ、かっ、か、覚正でござる。赤松様にご厄介になっております。笹殿には日頃、何かと世話になっております」と、美しい娘の涼し気な二重瞼の瞳に見詰められて、覚正は表情を硬ばらせた。

「うまいもんよな、覚正さん、満津さんは」

と、笹は満津に興味を抱くように言葉を選んだ。

「そうでござるな、うまいものよ。正月にふさわしい軽やかで楽し気な曲が多くござった」と、覚正は満津の労を犒い音曲を耳の奥で再現させた。

「満津さんはいつもは母親を手伝うて生魚《なまうお》を店で売ったり、振り売りしてるの。赤松邸も時々、満津さん母子《おやこ》から買《こ》うてるの」と、笹は覚正に教えた。

満津は笹が話している間、覚正を澄んだ瞳で見詰めた。

「お邸では一度もお会いしたことはござらぬな」と、覚正は満津を見た。

「そうでございますなあ。確かに一度も会《お》うたことはないと存じます」と、満津は記憶を辿った。覚正は賄い役も務めるものの、具材の仕入れは年輩の者が行なっているので、二人は広い邸では会っていない。

「あんたは松拍子の装束がよう似合《お》うとるの。とても艶やかで綺麗」と、笹は満津のつま先から烏帽子迄、見上げた。

「そう言うて貰《もろ》うて嬉しい。けど、化粧をせぬ普段の顔は、自分では気味が悪い位、恐ろしい」と、謙遜して笑った。笑窪がかわい気だった。覚正は娘のあど気なさに小さな笑いを漏らした。

「母上は今日はどうしたのじゃ。見えぬが」と、笹は辺りを見回した。

「今日は母は女松拍子はお休みじゃ。十四日に母はお囃子を演ずるので今日は休んでおる。その代わりに今日は商《あきの》うておるが」と、答えた。

「そうでござるか」と、覚正は納得した様子だった。

「一度、覚正さんを連れて満津さんの店《たな》へ行くか、振り売りで満津さんだけお邸に来て貰えればの。それで内輪で小さな酒盛りが出来ればええんじゃが、主殿や他のお侍に気付かれぬようにして」と、笹はいたずらっぽい笑いを浮かべた。

覚正は笹の発案にあやかりたかった。十九歳の覚正は今日、初めて会った二歳年少の満津に心引かれた。

赤松邸での雑役として覚正は日々、若者らしく、機敏に働いた。広い敷地と建物という拡がりの中で、主の満祐公を眼の当りに見るという機会は数多くはなかった。だが、満祐公の様子や人間関係などはしばしば笹を通して知ることが出来た。

十三年前、足利義教公はそれ迄に勤めた青蓮院《しょうれんいん》の僧籍を離れて還俗《げんぞく》し、第六代・室町幕府の将軍職に就いた。それと同時に室町幕府がそれ迄に描いた政治と文化という絵画の上に、自分の好みの色を用いて描いた大きな絵画を貼り付けようとした。父親の義満公が心を傾けた猿楽《さるがく》師《し》の世阿弥を佐渡ヶ島へ流刑した。恐らくは、幕府が奢侈《しゃし》に溺れていたことを戒めるためだったのだろう。

義教公の考え方と振る舞いは穏当さを欠き、専横的だった。側近の武将に対しても彼等の助言などは聴き入れずに、自らの好悪の感情を判断の礎に置いたようだった。

昨年、永享十二年（一四四〇年）には、一色義貫《いっしきよしぬき》、土岐持頼《ときもちより》を大和で暗殺した。

「反逆者は絶やさねばならぬ」が、義教公の持論だった。被害者の両名は謀略に満ちた反逆者であったかどうかは定かではない、と考える者がいる。

広い領地を持つ大名を将軍は常に敵視した。主である満祐公はそのような将軍に恐怖の念を慕らせた。やがて刃《やいば》を突き付けられるように感じ始めた。

笹によると、主殿は自らが有する播磨、美作、備前の広大な領地が、大名の経済力を削《そ》ごうとする義教公に没収されることを恐れた。それらの土地が他の武将に与えられるのではないか、と不安に苛まれている。

「主殿は心の平静を失《うしの》うているご様子。何も起きなければ良いのじゃが」と、笹は近い将来に起きることを予言するかのようだった。笹の予感は弓の名人が的を射抜くように当ってしまった。

やがて、満祐公は平常心を失くした様子で、穏やかな心の回復を図ろうとして家老の邸に移り住んだ。過敏な神経に安らぎを与えている。

そんな頃、非番の日に覚正は満津の店《たな》を訪れて鯰《なまず》を五匹、買い求めた。

「これで蒲鉾を作ろうと思うての。すり身にして塩と酒を混ぜて細い竹の棒の周りに、蒲《がま》の穂のように沢山巻き付けての。それを蒸すと蒲鉾が出来よう」と言って、料理に興味を示した。

「覚正、いつからお前は賄《まかな》い専門になったのじゃ」と、厨房で非難とも揶揄とも受け取れる言葉を下女達から浴びた。蒸籠《せいろ》から立ち上る湯気は鯰のすり身が美味しい食べ物に作り替えられたことを教える香りを漂わせた。覚正は香りを嗅ぎながら立ち昇る湯気の中に、満津の笑窪と二重瞼の瞳を思い出していた。

出来上ると蒲鉾を竹の皮に包んで六角通の店へ急いだ。

「満津さんはおるかの」と、覚正は尋ねた。

「満津なら振り売りに出ておる」と、一目で母親と分かる三十代半ばで薄茶色の麻布を頭に被った女性が応対した。覚正は初めて会った母親に自己紹介することの大切さを直感した。

「先日、満津さんの女松拍子を聴かせて貰うた赤松満祐公のお邸で働く覚正でございます。仲々、横笛は素晴しうございました。その時のお礼にと、蒲鉾を持って参りました。自分で作った手作り品ゆえ、満津さんと母上様に食べて貰《もろ》うたら、と思うて」と、覚正は差し出した。

「ふーん、松拍子をな、ふーん。満津は喜ぼーぞ。私は満津の母親で『ちは』と申す」と、丁寧に頭を下げた。

「赤松様からここへはよう来て下された」と、ちはは言って甕から貝殻で作った杓子を使って水を椀に注いだ。

覚正は一気に冷たい水を飲んだ。冷たさは全身を駆け巡った。飲み慣れた赤松邸での水とは味が異なっていた。甘さが強かった。

「六角界隈の水は美味しいの。お邸よりもほんに甘い」と、大きな発見をしたように覚正は言って、お代わりを望んだ。

「甘いじゃろ。六角の水はほんに美味よ」と、ちはは得意気だった。

「それでは、母上と満津さんは食べて下され」と、告げて立ち去った。

六月の初旬に赤松満祐の長男・教康は花の御所へ父親の意向を預けた使いを遣った。使者は義教公に通されて口上を述べた。

「鴨が数羽の子供を生み申した。池で親子が泳ぐ様は真《まこと》に可愛く、将軍様に見せたい由《よし》、日時を見はかろうてお成《な》り戴きとう存じまする」

将軍は相性が噛み合わない満祐と所領を巡って仲違いをしているとの風評を払拭する必要性を感じていた。鴨が泳ぐ様を見ながら饗応を受けることは二人の間に生じた黒い霧を晴らしてくれる。それに生業が乏しい幕府の将軍として、大名宅に赴くことにより高価な巻紙、砂金、絹布などを貢がれることも期待した。

数日後、「二十四日の未《ひつじ》の刻（午後二時）に下向《げこう》す」という返事の使いが、花の御所から邸にやって来た。

招待を受けて、早速、「応じる」という返事を返したことは、将軍には満祐への悪感情はないのかも知れない。満祐が持つ領地を本当に没収して小大名へ与えることを考えているのなら、将軍は招かれるのを断わるものだろう。

覚正は笹と同じように邸の主は、将軍に蔑《さげす》まれていない、と感じて喜んだ。

将軍の「御成《おな》り」が十日後に迫っていた。家老がそれぞれの役割の長を一堂に集めた。将軍様の機嫌を損なうことなく、満ち足りた饗応を受けて貰えるように、と檄を飛ばした。

「気難しうて独断専横の将軍ゆえ、ゆめゆめ怠り無《の》う。上機嫌で御所へ帰って貰わねば」と、家老は深刻な面持ちだった。

覚正は鴨の親子が泳ぐ池とその周辺の灌木の茂みの剪定を入念に行なった。雑草は一草もないようにした。植込みの近くに建つ檜皮葺《ひわだぶき》の優美な屋根を戴く猿楽舞台の檜の床を輝くばかりに手入れした。建物内でのねずみを退治するために放っている猫は、「御成り」の日には一箇所に集めておく小屋を作り始めた。

親鳥二羽、小鴨六羽は広い池とその周りの茂みを、自分達だけの住み処のように動き回っていた。覚正にとっても水鳥が人目を怖れない様子は、ほほえましく感じられた。

南に開け放たれ、賓客を迎える主殿、それと向かい合い緩やかな勾配の屋根を持つ猿楽舞台が控える。それらの間に少し東へずらせた位置に池が、邸内の森の緑を映し出す。

勝手口から品物を納める商人達は、昆布、干し鮑《あわび》、栗、桃、酒などを丁重に運び入れた。それらはどれも将軍をもてなすのにふさわしい上物《じょうもの》だった。

覚正は運び入れられた上等の酒が入った大きな壺の前を通った。嗅覚を刺激する清酒《すみざけ》の甘露な香りは、短期間勤めた「石屋」での酒造りに費やした日々を蘇らせた。志、半ばで勤めを辞めねばならなかった残念な思いが、心の奥底で燻っているのが否めなかった。

「酒造りが再びしたい」との思いが、林の中で竹の子が力強く、土を持ち上げて顔を覗かせるかのように頭をもたげるのだった。

「覚正さん、池とその周りの植え込みも綺麗に整え、仕上りは上々よの」と、笹は眼尻にやさしさを集めた。

「もう、賄いの方も出来てございますか」と、覚正は尋ねた。

「左様。未の刻限に御成りとのこと。実際は遅れて到着するとして、当主からの挨拶や、鴨池で泳ぐさまを楽しまれた後で、持て成しを始めようぞ。未の中刻過ぎに酒をお出しすることになろう。蒸し暑いこの頃、汁ものは冷まして召し上って貰えればええの」と、笹は持て成し方を全て、諳《そら》んじていた。

やがて、覚正が控える下男部屋や厨房の中でも、邸に到着した将軍の一行や饗応を共にする相伴衆《しょうばんしゅう》とその家来達が乗って来た馬の嘶《いなな》きが聞きとれた。相伴衆は細川、畠山、一色、大内、京極氏と山名持豊《もちとよ》（宗全）だった。笹により彼等の名前を教えられた覚正は、身体が畏縮するのを感じた。幕府を形作る要人の殆どが自らの働く邸に集まるのである。粗相は許されないと、自身に言って聞かせた。

下男は御成りの一行の前には姿を出さないように告げられていた。だから、覚正は控室や廊下で息を殺すかのようにして、笹や彼女の下で勤める下女の働きを見詰めた。

池や猿楽舞台を見渡せる広い主殿の一段高くなった上座に座った将軍・義教公は教康から挨拶を受けた。

「よくぞ、かくも蒸し暑い夏の昼下がり、赤松のむさ苦しい館《やかた》へ下向《げこう》下さり、感謝申し上げまする。当主・満祐は生憎身体がすぐれず、本日は家老の家で静養しておる次第にございまする。

将軍様には重々失礼の段、くれぐれもお許し戴きとう存じまする。

本日は満祐の嫡男《ちゃくなん》、この教康が将軍様のお相手をつかまつりとう存じまする。何かと不行き届きがあろうかと存じまするが御海容の段、戴けますれば幸甚に存じまする」と、深々と額を木の床に付けるかのように頭を下げた。

「んっ」と、痩せ型の将軍は口元に不信感を一瞬、漂わせた。赤松家の当主が家老宅で静養して息子が饗応役を務めることは奇妙に思える。

「身体がすぐれぬとのこと、如何程なのじゃな」と、将軍の疑念は雨雲のように低く垂れ込めた。

「薬師《くすし》によりますれば、急激に快方に向こうておるとのことでご座いまする」

「薬師のその判断はいつのことなのじゃ」と、不信の糸を身体に巻き付けた将軍は執拗に尋ねた。

「今朝のことでございまする」と、教康は平静を装った。筆頭家老は満祐公の介護のために、この場にはいない。教康の後ろで、じっとうつ向いていたもう一人の家老は、形勢の不利を察した。将軍に懸念をこれ以上、募らせてはならない。

「教康様、主殿《あるじどの》についてのお話はこれ位になされて、また後程にされては。鴨の親子が戯れる様を将軍様にとくとご覧戴き、甘露なる飲み物を早くお口にふくんで戴きとう、存知まする」と、丁重にその場をとり繕った。

教康公は家老の黒い機転に救われる思いがした。

「さっ、将軍様、池の方を御覧下さりませ」と、教康は自らも顔を上げて池の方へ眼をやった。

将軍は教康とその家老が勧める御成りの目的を考えると、自分の疑念は後程に確かめれば良いと考えた。この御成りの最後の場では高価な幾つもの品を手にすることが出来る。父親で中国に対して日本国王と名乗った第三代将軍・義満と比べると遙かに見劣りがする財力では今日の御成りは成功裡に収めねばならない。将軍は教康とその家老の言葉の波に飲み込まれてしまった。

舞台では猿楽能が演じ始められた。艶《あで》やかな装束を纏った演者は翁《おきな》や媼《おうな》、猿、狐などの所作を演じている。鼓や笛によるお囃が動物の仕草を少し滑稽に描いた。

上座に座る義教公と下座の教康は池と舞台を見詰めた。やがて、教康は上座へ向かい将軍の酌をした。

猿楽能が始まった時、囃の音に恐れを感じた様子の鴨の親子は、危害を受けないことを知って池の周辺を仲睦まじく徘徊していた。

「かわゆいのう、かわゆいのう。それに猿楽能も申し分のない出来ばえよ」と、将軍は心地の良さを感じながら、饗応の代役を務める教康に満足気な表情を送った。

盃は二巡、三巡と将軍から教康へ、更に相伴衆へと回っていた。

「そちは今日は、体調でも崩しておるのか。盃を受けても進まぬ様子じゃの」と、細身の将軍は自身とは正反対の体型をした教康に質《ただ》した。

教康は無言のまま頷いて作り笑いを返した。これから起きる凶変を悟られないように振舞った。

覚正や笹達にはそれぞれの控え室に閉じ籠もって、決して廊下には出ないようにとの指示が下された。覚正は異様な雰囲気に奇妙さを感じた。武具が擦れ合う音が聞こえるとすぐに、馬が駆け出す音が聞こえた。邸内の馬場に繋がれていた将軍や相伴衆の大名達の馬が、赤松家の馬係により一斉に邸の外へ解き放たれたのだった。「変だ」と、覚正は聴覚で危険を感じた。

将軍に近い襖と下座の襖が一斉に勢いよく開け放たれた。五十名に及ぶ武装した満祐の家来達が上座へなだれ込んだ。酔いが回って感覚の鈍くなった将軍は敵陣の中に突き落とされたかのように、いとも簡単に首を刎《は》ねられてしまった。大名達の家来の中で奸賊《かんぞく》を迎え撃とうとする者はごく少数だった。

形勢が不利であることを知った大名達は、玄関から逃げることは危険と考え、庭へ跳び下り塀をよじ上った。反乱軍は逃げる大名達を追いかけて斬りつけることはしなかった。領地を奪うことを企てるとの恐怖心を植えつけた将軍だけが憎かったようだった。

武具が立てる音、刀が交錯する鋭利な音や悲鳴を近くに聞いた覚正は、身体が震え上った。下男頭《がしら》もじっと下を向いているものの、全身が痙攣《けいれん》を起こしていた。

凪を迎えた海のように短時間で邸内は静けさを取り戻した。

「教康殿、将軍様の首級《しるし》は酒を張った桶の中に沈めてござる」と、家老の声が響いた。

「桶を荷車に積み込め。手筈通り二条迄下り、そこから大宮通を西へ急ごうぞ。播磨の国でお待ちになるお館様《やかたさま》に良き知らせを、一刻も早《はよ》う報告致そう」と、教康の声は天井が高くて広い主殿の中で谺《こだま》した。凶徒達は邸から玄関を出て客人用の馬場とは反対側にある茂の中の赤松一族用の馬場へ急いだ。

「パチ、パチ、パチ」と、木がはぜる音が聞こえた。すると、覚正達が身を伏せている部屋迄、煙が流れ込んだ。

「覚正、ここに居ては危険ぞ、逃げよう」と、笹は下男部屋へ入って来た。下女達の悲鳴が聞こえる。

「早《はよ》う邸の外に出よう」と、動転しながらも言い放った。

覚正は玄関を走り出て下男頭、他の下男達と共に無我夢中で小川《こかわ》通を下った。起きたことが何であったのか分からないままだった。木が燃えている匂いが風に煽られて暮れなずむ空に漂っている。

「覚正、今宵は如何にするか、我等は焼け出されてしもうたに」と、下男頭は泣き声だった。

「親が住む八条へ戻ろうと存ずる、お頭は」と、遠くで燃え盛る炎が覚正の汗ばんだ顔に映っている。

「儂は野宿よ」と、自嘲気味だった。

「宜しければ私の所へ来ませぬか」と、誘った。

「お前の親切には感謝するが、星を見て眠ることに」と、頭《かしら》は赤松邸とは反対の方角の空を仰いだ。

下女達も覚正が佇む所へ遅れてやって来た。町の人々は興味が引かれるのだろうか、普段なら眠っている筈の時刻に大勢が、恐怖感を持つことなしに空を焦がす炎を見上げていた。そのような人々を掻き分けて、覚正は笹の姿を捜した。だが、見つけることは出来なかった。どこへ行ったのだろうか。不安が過《よぎ》った。

覚正は親元へ戻った。建て付けの悪い板戸を叩いて眠っていた両親を起こした。事情を説明して暫くの間、寝居《しんきょ》を伴にすることを許して貰った。

「ふーん、そうか」というのが、覚正が語る事件に対する父親・繁次郎の反応だった。母親も関心がない様子だった。

暗い家の中で覚正は肘をついて横になっていた。

「朝、早く起きて仕事をせねばならぬからの」と、父は言って深い眠りの森へ姿を消した。

覚正は寝付けそうにない。瞳は闇の中で、一層、大きく見開いた。広いお邸はもう焼け落ちてしもうたろう、と心の中で不安がった。武家の世界の謀略と常に強いられる緊張などを思いやった。両親の鼾《いびき》が狭い屋内で増幅して聞こえる。両親にとって室町幕府・第六代将軍・足利義教公が一大名の赤松満祐の嫡男・教康により、その存在が消し去られたことは些細なことなのかも知れない。家老宅でお館様が静養していると思わせ、西国《さいごく》の領地に雲隠れしている一族の長の所へ結集しようとして教康は邸を焼き払った。そのようなことを覚正は家へ戻る人込みの中で聞き取った。

　両親の深い眠りは覚正との違いを鮮やかにした。今日の変事と彼等とは生活上の接点を持たない。彼等は早く眠り早く起きて、早朝より塗師《ぬっし》として漆塗りの仕事に精を出す。そうすることによりその日の生活の糧を確かな物にすることが出来る。だが、覚正は全く異なる。毎日の生活の場と仕事が奪われてしまった。掌に載せた乾燥した砂が指の間から滑らかに滑り落ちるようにして失くなってしまった。

　暫くの間は寝居はこの家で出来そうであるが、長居《ながい》は無理であるだろう。さし迫ったことだが、多量の銭が必要になる。邸から恐怖に押し潰されながらも咄嗟に持ち出したのは、麻袋に入れた洪武通宝、永楽通宝、宣徳通宝など五十枚だけだった。これでは長くは食べ続けられそうもない。赤松邸では食と住は保証された。それらのどれもがなくなったので、すぐに自分で捜し求めねばならない。そのように考えると生活への不安が幾重にも襞を重ねて大きくなった。

盗賊・覚正の誕生

覚正はますます不安な思いに苛まれ始めた。お邸はもう鎮火しているだろうか。勝手口の外には荷車がある。父母に内緒で借りよう。将軍家より遙かに豊かな禄高を持つ赤松家には、高価な品物は数多くあるに違いない、と覚正は考えた。邸へ戻り使えそうな物が焼け残っていれば、持ち帰ることを思いついた。

放蕩生活に耽った後、生活に困窮したり、幕府から信用を失墜させられた大名は、町の人々の関心の的になり易い。これらの侍の多くは京《みやこ》を去る前に、邸に火を放って領国へ落ちて行く。そのような武将に気付いた町の人々の中には、邸が炎に包まれる前に邸に忍び込み、換金出来そうな物を奪い去る者がいる。男も女も入り混じって行なうが、不運にも武将の家来に見つかり斬りつけられて、命を落とす者もいる。

覚正はそんな逞しい町の人々の生きざまを思い描くと、勢いよく起き上った。

洛外から鴨川に架かる三条大橋の手前にさしかかった。無事に橋を渡り切り、洛中に入れることを覚正は神仏に祈った。夜が更けているのが顔を撫でる涼しい風で分かる。追い剥《おは》ぎが襲って来るのなら右の腰に差した数打ちと呼ぶ刀で迎え撃つつもりである。一目散に暗くて青白い月の光が降り注ぐ大橋を、二輪の車輪を軋ませて足早に渡り切った。幸い怪しい人影はなかった。京極、富小路《とみのこうじ》、万里小路《までの》という南北に延びる通りを横切った。等持寺の山門の前を過ぎた時、前方に何やら人影を認めた。

「まずい」と、思わず小声が口を突いて漏れた。来た道を少し戻って物蔭に隠れた。軋む車輪が自分の居場所を人影に教えたのかも知れない。辺りの気配を暫く窺った。人影が見えなくなったことが確認出来る迄、その場に潜んだ。

再び荷車を引いて進んだ。西洞院通を上っていた。赤松邸に近づくにつれ、風が運ぶ焼け焦げた匂いが覚正の鼻を刺激した。鼬《いたち》が鶏の居所を嗅覚を頼りに探り当てるように、その刺激臭の元に近づいて行った。

邸の門であり見慣れた筈の揚《あ》げ土門《つちもん》は、建物からの炎を浴びて延焼したのだろう。月の光の中に不気味な姿になって焼け落ちていた。玄関から建物内であった所を足元に気を付けて進んだ。燻っていない所を足先で確かめながら、猿楽の演者の擦《す》り足のようにして歩いた。住み慣れた邸ではあるのだが、焼け落ちて崩れた空間は覚正自身がどこにいるのか見当がつかないくらいだった。

池の水面《みなも》が月明りを鈍く映し出していた。遠目に池を視界に入れながら広大な主殿の中にいた。数人の人影が前方の庭に見えた。

「何者ぞ」と、人影は覚正に尖った声を発した。覚正は急に恐怖に包まれて声が出なかった。

「何者なるか」と、言葉は丁寧だが口調は釘のように鋭かった。人影は近づいて来た。

襲われる前に斬り込もうとして覚正は足がすくむものの、数打ちを抜いた。数打ちは月の青灰色の光を一瞬、銀白色の輝く色に変化させた。

「おーおっ、刀は納めるが良い。どうせ数打ちであろう。さして（それ程）切れるものではない。我等は賊ではござらぬ」と、人影は先程とは全く異なる穏やかな口調だった。

「我等は将軍様とは昵懇《じっこん》の間柄。ご遺体を預かろうとしておる次第」と、顔の輪郭を覚正の前に露わにした。覚正の震える感情は少しずつ鎮められた。

「私はここ、赤松邸で下男として働く覚正と申します」と、名乗った。

「真《まこと》か。何ゆえここにおる」と、別の男は不審を抱いていた。男達の姿が明らかになってきた。人数は八人で全員が僧形《そうぎょう》だった。

「将軍様の御成りとのことでお邸でお仕え致しました。世話になった赤松様のお邸が、如何あい成ったのかと悲しくなり、寝つかれずにこちらへ参ったのでご座居ます」と、覚正は真実とは離れたことを答えた。

「左様か」と、不信を持った男は返事した。

「しんずい様、早くご遺体に経《きょう》をお唱え下さり、棺にお納め致しましょうぞ」と、首のない焼け爛《ただ》れた遺体の前で、別の声が促した。

「そう致そう」と、しんずいという人物は落ち着いていた。

覚正は後日、知ったのだが、しんずいとは季瓊真蘂《きけいしんずい》という相国寺蔭涼軒《しょうこくじいんりょうけん》の高僧だった。義教公に重んじられていた。

彼等が義教公の痛々しい遺体を読経で包み棺に入れようとする間、覚正は月の光を撥ねのけるものを物色した。灯籠が舞台から十間程離れた所に立っている。二層目の石を胸と腕に力を込め脚を踏んばって外した。荷車で運べそうだった。玄関へ戻って荷車を迂回し、庭へ引いた。蠟燭を立てる部分と一層目とを別々にして荷車に載せた。

池の端の茂みは、夜、鴨が眠る場所なのだが、鴨の親子はいなかった。大きな炎が襲ってこないうちに親鳥が子を安全な場所へ、嘴《くちばし》で突いて移したのだろうか。

赤松満祐の息子・教康が住む建物も焼け落ちていた。低い土塀で仕切られてはいるが、親子の邸は小さな二つの出入口で繋がり、行き来が容易だった。覚正は北側の出入口から中へ入った。二年間、満祐の邸で勤めたのだが、一度も教康邸へ入ったことがなかったので、全く、様子が分からない。物色することは諦めた。

再び、夜道を荷車を引いて進んだ。灯籠のずしりとした重さが銭をもたらせてくれることを望んだ。赤松邸から東の方角を進んでいた。

「待たれい。荷車の品、置いてゆけー」と甲高い声を発して覚正の行く手を阻《はば》もうと、黒装束《くろしょうぞく》の男が、立ちはだかった。力を振り絞って運んでいる物を盗賊に差し出すことは出来ない。黒装束は暗がりを切り裂くかのように刀を抜いた。覚正も数打ちを抜いた。赤松邸への往復により、度胸が付いていた。

黒装束は左利きの覚正の刀の振り方には慣れていない様子だった。数打ちは通常の刀よりも軽いので、覚正は振り易かった。振り回す回数は、断然、覚正の方が多かった。

「くそーっ、いまいましいっ」と、顔を半ば隠した男は退却した。

危険な男を退けたことにより覚正は、自分の行動に不思議な自信をつけたようだった。

赤松邸から運び出した灯籠は邸から遠くにある九条の古物商の店《たな》で換金することにした。赤松邸のある二条や商いが盛んな四条辺りの商人に売ることは避けた方が良い。灯籠の出自が露わになることが予想された。だから、売り払うには出来るだけ遠くの店へ持って行く方が安全に思えた。九条には堂塔伽藍の偉容を誇る東寺が控え、その周辺には石材商や古物商が店を構える。

「これ位の銭で如何かな」と、古物商は盆の上に宣徳通宝を通した緡を一本、載せた。銭は一貫になるだろう。一貫は貨幣が千枚から成るのだが、慣行として九六〇枚が相場になっている。

「宣徳銭をあと三十枚、上積みしてくれぬか」と、覚正は石の材質の良さを熟知しているかのように、内なる喜びを押し隠したまま無表情に要求した。

「仕方ない。五枚にしてくれ」と、商人の方が覚正よりは上手《うわて》だった。

その銭の一部を親に食費代として渡した。覚正は他人の所有物が自己の生活を支えてくれるという快感を覚えた。石灯籠はあのまま赤松邸の庭に据えられていても、その価値の通りに扱われるか否かは分からない。教康が騙し討ちして邸を去ったからには、決して戻って来ないだろう。従って灯籠は不用な物になる。だから、この不用な物を有効に扱ったと覚正は自分の行為を正当化した。

父親の繁次郎《はんじろう》は椀や盆、硯箱などに漆を施す塗師《ぬっし》として生活し、母親はその手伝いをこなしている。客の多くは生活にゆとりのある人々が多く、侍は上席に属する者である。その侍の中に酒屋と懇意にしている者がいた。その侍が父に酒屋が若者を求めていることを知らせた。その酒屋は実家より三町程、下った所にある。覚正にとっては恰好の仕事場に思える。「石屋」で体得した技術を更に向上させたい、という願いを持っている。眠る所が当てがわれ、食べることも心配しなくて良い。覚正は無口な父親に謝意を表わした。父は静かに微笑んだ。

「普賢坊」という屋号の酒屋で働き始めた。「普賢坊」は高級な清酒《すみざけ》よりも庶民が手に入れ易い濁酒を多量に造る酒屋だった。客は侍の中では下位にある者の方が、断然、多かった。生業の少ない人々が、一日の仕事を終えて頻繁に濁り酒を求めてやって来た。

親方の普賢坊忠左《ちゅうざ》は三十代後半で、覚正より二寸（約六センチ）程、背は低いものの、筋肉質で大柄な体型だった。酒造りだけでなく銭貸し業も兼ねていた。

「儂は女が無《の》うても生きてゆけるのよ」と、よく言っていた。近隣の噂では二十歳代で祝言《しゅうげん》を挙げたけれども夫婦仲が悪く、二年後には別々の生活を始めたとのことだった。

赤松教康が西国へ逃れて一か月が経とうとしていた。花の御所ではようやく赤松氏を成敗する軍が組織された。山名持豊（宗全）、河野通直《みちなお》達が大勢の兵を率いて赤松親子が籠《こも》る播磨の国へ進軍した。覚正は親方と共に幕府軍による追討が叶えられることを祈った。幕府軍が京《みやこ》を出たことを確かめると、不穏な集団が京へ乱入しようとして濁った瞳を大きく見開き始めた。

八月末近くになった。京《みやこ》から東の地、近江で生活の苦渋を訴える僅かばかりの人々が、それ程生活に困らない大勢の人々に担がれる集団が作られた。京に住む人々の財産を奪おうとする無法の輩《やから》が清水坂に現われた。覚正が住み込んで働く「普賢坊」は清水坂からは北西の方角へ十五町（約一・六キロ）程、離れていた。

「今度は普賢坊が襲われませぬように」と、覚正は毒蛇や害獣を食い殺すと信じられている孔雀に跨がる孔雀明王に祈った。孔雀明王が世の中の悪を懲《こ》らしめる法力《ほうりき》に頼った。

「幕府軍は一揆軍に敗れたぞーっ」と、覚正の願いを崩す内容を伝えて往来を小走りに走る女性がいた。

覚正は数打ちを振り回して盗賊を追い払って以来、自信を身体に纏わり付かせている。軽い刀を持って往来に出た。先程、大声で状況を知らせた女性が普賢坊の前を再び通った。

「笹殿ではござらぬか」と、覚正は驚きの声を発した。

「覚正さんかえ」と、覚正を見て急に何度も瞬きした。笹は姿を若造りに見せるためだろうか、肩迄、垂らせた総髪《そうはつ》という髪型だった。髪には布を被せていない。着物の裾は短くたくし上げており、一風、変わった装いをしている。

「こっ、こっ、ここに勤めておる。笹殿は如何でござるな」と、覚正は胸を躍らせた。

「赤松様のあの事件の後は、一色《いっしき》様のお邸に置いて戴いておる」と、息を切らしながら答えた。

「すぐに邸に戻って門を固めることを告げねば。覚正さんの居場所が分かったゆえ、また来ようぞ」と、声を詰まらせた。

「また会いましょうぞ」と、覚正は返事した。

笹が仕えている一色氏とは一色義貫《よしつら》公の息子である義直《よしなお》公の邸であろうか。義貫公は義教公が謀殺される前年に、側近の武将により自害させられたのだった。

覚正はそのまま、往来に立っていた。一揆勢がこの地の方角へ進んでいるとすれば、少し間があるだろう。屋内へ入って親方の忠左を捜した。親方は勝手にいた。壺に入った銭を確かめていた。

「覚正か。土一揆勢はかなり多数とのこと。逃げようぞ」と、親方は不安気だった。

「親方は安全な所へ逃げて下され。私はここにもう少しいて土一揆勢の様子を見届けまする」と、盗賊を追い払った自信を持つ覚正は勇んで言った。

「ここにいては危ない。共に逃げようぞ」と、覚正を促した。

「儂は洛中は四条坊門へ行く。ならば後で来ませい」と、付け加えた。

四条坊門という地域をどうして親方が選んだのかは分からない。そこは酒屋が密集している地域ではある。同業者が多く住む町にいると安心するのだろうか。

やがて東風に運ばれて鬨《とき》の声が聞こえてきた。土一揆勢の声だろう。不思議なくらい覚正は落ち着いていた。普賢坊のある地域は酒屋や土倉は点在しており、数は少ない。暴力に訴えることを好む不埒《ふらち》な輩もそのことは、よく知っているに違いない。だから、土一揆の主力は他の地域を襲うだろう。主力とは異なる別動隊という小さな暴力集団がこの地に不浄な足跡を付けに来るのかも知れない、と覚正は予測した。

覚正は大きな身体を入会地に茂る沈丁花《じんちょうげ》などの灌木の後に沈めた。

「儂はこちらの商家に押し込んでやる。酒屋か」と、凶暴な面持ちの男は一緒に来た男に意志を伝えた。その男は三十代初めの年恰好だった。普賢坊の勝手口の戸板を蹴り破って中へ単独で押し入った。

「おのれ、清らかな酒屋へ押し入った痴者《しれもの》め」と、覚正は腹立たしさを吐き出した。「こら、お前、何用か」と、続けて数打ちを振り降ろした。

覚正の威勢に男はひるんだ。次の瞬間、男は長い鎌で長身の覚正の脚を狙った。覚正は鎌はよけたのだが平衡を失って、板間に尻もちを突いて倒れてしまった。男は鎌を覚正の脚に振りかざした。覚正は脚を畳んで身体を小さくして立ち上がり、数打ちを振り回して威嚇した。刀が空中でぶるんぶるんと唸った。長い鎌は覚正にとって命が奪われそうになる正しく凶器だった。だが身長で勝る覚正は力任せに刀を振り降ろすと、男の上衣を肩から腹にかけて浅く切り裂いた。切っ先は身体には届かなかったものの不利を悟った男は、屋外へと逃げた。と同時に覚正は普賢坊内に止《とど》まることの危険を感じた。男を追いかけるようにして入会地へ出た。

外では鬨《とき》の声のような自分達だけの存在を周囲に知らせようとする耳障りな音が、覚正の聴覚を紙鑢《かみやすり》で何度もこすった。

「ここに居ては殺される」と、感じた。親方の忠左が告げた四条坊門へ行こうとして走り出した。すると前方で辺りを物色している別の男と眼が合ってしまった。

「泥棒め」と、覚正は言葉を投げるのと同時に、男に襲いかかった。数打ちの峰を使って倒した。懐《ふところ》に手を入れると、盗んだ銭だろうか、永楽通宝八枚を掴んだ。

「貰《もろ》うておこう」と、気絶した男に言葉を浴びせた。

何度も振り返って土一揆勢の動きを確かめながら、覚正は四条坊門へ急いだ。普賢坊のある地域からは全てを灰と化してしまう炎は上っていなかった。

「焼かれずに店《たな》は残っている」と、小さな望みを大きな光へと変化させた。

その日の夕刻から雨が降り始めた。覚正は親方と共に小さな神社の庇《ひさし》の下で板壁にもたれて、浅い眠りをとった。「くそ、忌ま忌ましい」と、目覚めると覚正は一揆を起こした暴徒を憎々しく思った。

親方と共に同業者から借りた大きな酒壺を載せた荷車を引いて、普賢坊のある東大路通近くへ歩み出した。一揆勢が町に立て籠もっているかどうかを遠目《とおめ》に確かめた。一条方面では民家や店が相当数、破却されているようだった。一揆勢の多くは花の御所近くに進行しているとのことだった。

「多分、一揆を率いる悪党どもは幕府に徳政を迫るだろうよ。幕府は如何に奴等の願いを扱うかは知れぬが、此度《こたび》も自分達の都合のええ（良い）ようにするのじゃろ」と、親方は諦め顔だった。

「もし徳政が行なわれるなら、親方、幕府への納銭を急がねばなりませぬな。分一徳政を防ぐために」と、共に路上生活をする覚正は心細くなった。

一揆勢の多くは近江の地で田畑を耕し、日々の生活は凌げる百姓である。馬借や荷車で荷物を運ぶ車借《しゃしゃく》が加わり、悪党と呼ばれる地侍や土地の有力者が煽動するのである。鎌や鍬のような農具で武装する百姓と異なり、殺傷力が高い刀、長刀や弓矢で攻撃する。更に自分達の蜂起を理屈立てて主張出来る者が多い。よって大勢の暴徒は少数の悪党に自分達の反乱がもたらす結果を任すことになる。

覚正は親方と共に四条坊門の通りで野宿した。洛外にある仕事場が気になるものの、一揆勢が引き揚げないので、容易に入れそうにない。洛外と鴨川近くの洛中にある寺院や神社の多くが、反乱軍により押さえられている。

「親方、私には此度の一揆は今迄に経験したことがない位、大がかりなものに思えまする」と、覚正は感想を述べた。

「これだけしつこい一揆は初めてじゃ。今のところ、店が焼かれなんで幸いじゃが。幕府のお歴々は奴等の要求を撥ねのけるかどうかを思案しとるのかの」と、忠左は小さな望みを口元に湛えた。

同じように路上で寝泊りする大勢の人々と共に、酒屋という仕事に就けない覚正は次第に歯痒さを感じていた。

「覚正、どうも幕府は一揆勢を追い払うつもりはなさそうに見えるな。初めに幕府軍は一揆勢と小競《こぜ》り合いをしただけで、それ以後はなかろう。多分、悪党どもの無茶な願いを『ご無理、ごもっとも』と受け入れるのじゃろうて」と、親方は新しい情報を知って声は弱々しくなった。

「徳政が出れば酒屋は全《まっと》うに商いが出来ないだろう」と、不安を募らせた。

「一揆勢の規模の大きさに幕府の重鎮は声を失くしてるのだろう。播磨の国で山名公が赤松と戦《たたこ》うておるから山名公の判断をすぐに仰ぐことが出来ぬからの。小さな酒屋だけでも互いに声を掛けおうて花の御所へ赴いて、我等の窮状を聞き入れて貰わねば」と、親方は望みを告げた。

荷車で運んだ瓜や茄子、それに干《ほ》し飯《いい》などは残り少なくなっていた。

「覚正、荷車の荷物に気をつけておけ。難を逃れて来た連中も、そろそろ食べ物が尽きる頃。銭は盗まれぬようにしっかりと懐《ふところ》に入れてな」と、親方は注意を促した。

洛中の四条や五条では洛外からの人々で通りは溢れていた。そのような人々に涼しい夜風が吹き付けた。

「腹に布を幾重にも巻き付けておかねば、腹をこわすぞ」と、覚正の隣で莫蓙を広げて自分の居場所を確保している男が助言した。東大路通で粗悪な紙を立売《たちう》りで売っている男である。

二日が経った。

「明朝、花の御所へ行き、お役人に徳政令を出さぬように望みを精一杯、伝えて来る。儂と同じように小さな酒屋の主を誘ったが、皆、断わられた。幕府が恐いのだろうよ」と、親方は顔を強ばらせた。

「親方、私もついて行きとうございます。私も酒屋を救うてくれ、と言いたく存じます」と、覚正は普賢坊という仕事場がこの世から消え去るかも知れないという不安を感じた。

「なあーに、こういうことは主が言わねばの。年若い使用人に主が言わせた、と受け留められればお役人の心証《しんしょう》が悪うなるかも知れん。そないなれば心外ぞ」と、親方は覚正を制止した。

親方は一日が過ぎても戻って来なかった。覚正は不審に思って花の御所へ赴いた。

「酒屋・普賢坊の忠左が昨日、お目通りした由、ご存知ありませぬか」と、玄関で会う役人毎に尋ねた。彼等はその質問が分からない様子だった。

「変じゃ、何があったのか」と、覚正は心の中で何度も繰り返した。

四条坊門へ戻った。親方が戻って来ないことを路上で生活している人達に話題として上らせた。

「殺されたのかもな。政治《まつりごと》に口を出す者は粛清されるのじゃ。このご時勢、お役人は殺伐としていよう」

覚正は不安という急な流れの中に心細さという舟で乗り出したように感じた。親方が地上から抹殺された、との思いは到底、受け入れられないことだった。路上生活は長びきそうだった。

やがて、徳政令の発布が広い通りが交差する所に立てられた高札《こうさつ》により、人々に知らされた。

荷車に積んだ櫃から親方が金を貸した証文《しょうもん》の束を取り出した。それは今となっては何の価値もない反古《ほご》となってしまった。

「糞っ！」と、覚正は思わず幕府への不満を吐き出した。熱心に働いたことが報われない。普賢坊の仕事の半分近くを占める貸し銭業の生業が霧消してしまった。

「下らぬ」と、覚正は不貞腐れた。

そのような割に合わない思いと不満を心に抱いて、普賢坊のある東大路地域へ戻る人々と共に、四条坊門をあとにした。

東へ進んでいた。

「気の毒に、忠左さんは幕吏《ばくり》に盾ついたばかりに牢屋に押し込まれて、自ら命を絶ってしもうた」と、一人言のように呟く男がいた。そのように言う四十代に見える痩せ型の相助と名乗る男に、覚正は親方の行状を質した。男は政所に仕える下級幕吏である親戚から忠左のことを知ったのだった。

「自分の生活を守るために自分の望みが言えぬのは息苦しいの。それに徳政令を出すと幕府そのものが弱ることが分からぬのかの。酒屋や土倉が貸した銭が取り戻せぬことは、彼等が幕府に税を払えないことよ。理不尽な考えをするその場凌ぎの幕府よ」と、その男は小声で冷ややかに笑った。

忠左は花の御所の玄関で下級幕吏に出向いた理由を告げるなり、横にいた別の役人に腕を摑まれて牢に投げ込まれた。食べ物や水は与えられずにそのまま放置された。酒屋としての営業権を剥奪し、店《たな》を破却することが決められた。前途を悲観して牢内で着物の帯を首に巻き付けて命を断ってしまった。

それを聞いた覚正は、その場に立ちすくんだ。身震いが止まらない。同行していたなら、と思うと恐怖は更に大きくなった。涙が止まらない。親方は自分の同行を拒むことにより、自分を守ってくれたのだ、と考えた。

普賢坊に近づくにつれ、胸は大きく鼓動した。潰された普賢坊を眼前にすると、悲しさが惨めさを伴った。

親方には身寄りがない。自分が出来ることは普賢坊を再興させること、という思いが少しずつ湧き出した。このままでは親方の魂は癒されない。

「親方は成仏出来ぬ」という思いが、覚正の内面を占めるようになった。

普賢坊は建物を破却されてしまったが、覚正は幕府と世間に対して普賢坊の土地を確保し続ける意志を示した。土一揆による被害を受けた地域では、土地を借りている人々は少しでも自分に有利になるように考えた。隣り合った土地では間口を少しでも広くとることを主張した。だが、普段から町の人々と接している役人は不思議なくらい公正だった。

「お役人はやはり頭が良うござる」と、町の人々は内心そう思ったに違いない。自らの土地を広く確保しようとしたものの、幕吏は彼等の殆どが持つ生活人としての狡猾さを見破っていた。

覚正は忠左が借りていた土地を巡って、地主と幕吏に自らが後継者となることを認めさせた。建物を復興させるために、資材になりそうな材木は荷車を遠くの地域迄引いて集めた。だが、柱となるべき材木は買い入れねばならない。敷地内に材木を置き並べて、若い覚正はどのような形に店を建てれば良いか思案していた。酒をきちんと醸し出せる堅牢な作業場を作らなければならない。

「酒屋にするのかな、ここを」と、近付いて来る男がいた。覚正より十歳位年長に見える。眼尻に穏やかさが漂っている。

「儂の名か、儂は檀佑と申す番匠ぞ。町家《まちや》も建てるが、酒屋を主に手掛けておる」と、朗々とした声だった。

「自分で建てるとのことじゃが、酒を造る作業場は素人では、先《ま》づ作れぬて。隙間風が吹き抜ける建物では良質の酒造りは望めぬな。もし良ければ儂に任せぬか」と、檀佑は自信と親しみを窺《うかが》わせた。

盗みの指南を受ける

覚正の蓄えでは番匠による酒屋を建てることが出来ないのは明白だった。財力が必要だった。銭を稼ぐことが急務だった。焼け跡の赤松邸から石灯籠を運び出して換金したことを思い出した。それに東山三条近くに建つ法皇寺の夜の境内に群がる覆面を被った男達に引かれていった。路上に住む者は地面に敷いた菰や莚の上で苛酷な現実を忘れさせる甘い夢を、貪ることの出来る眠りに就く頃だった。僅かばかりの数の提灯の光を頼りに小さな集団が幾つも出来ていた。

「お前は潮一《ちょういち》と言うたな。どうせ偽名だと思うが」と、覚正がその下《もと》で働こうとする泥棒の頭目が言った。声から判断するのなら三十代半ばに思える。覆面から覗かせる眼は二重瞼が涼し気だった。

「働くのだな。ならば、儂が色々と導いてやる。仕事を与えてやろう。ついては指南料を出せ」と、真直《しんちょく》と名乗る頭目は命令口調だった。

「えっ」と、覆面を被った潮一こと覚正は盗賊になるのには指南料を支払わなければならないことが意外だった。その声は提灯の弱い光に集まる多くの秋の虫の羽音により掻き消された。

「出すのか、出さぬのか」と、真直は目元を険しくさせた。

「お出しする。宜しく指南を」と、潮一は今度は大きな声で早口だった。

真直は潮一に鋭い眼光を発した。潮一はその強さに一瞬、怯《ひる》んだ。

「指南料は如何程か」と、幾分、声が震えた。真直が要求した額は銭百二十枚という高額だった。高額な指南料以上の実入りを得ることを潮一は期待した。真直は潮一にとっての初仕事を六日後に行なうことを伝えた。

「亥《い》の刻（午前零時頃）にここで待っておけ」

「どこへ押し入るのでござるか。それに何をすれば良いのか」と、潮一は心の準備を一刻も早くしようとして、脚の震えを感じながら尋ねた。

「今すぐ、そんなことは言えぬ。今、具《つぶさ》に言えばお前は漏らすかも知れぬからの。よってその時に教える」と、真直は濁声を響かせた。真直は潮一が幕府にたれ込むことを警戒したのだろうか。それとも、恐怖を募らせて逃げ去ることを想定したのだろうか。

六日後、亥の刻には潮一は法皇寺の境内にいた。法皇寺の貫主は自らの寺の境内が夜盗の集合場所になっていることを知っているのだろう。大きな山門は閉ざされているものの、すぐ横にある小さなねずみ門は押すと簡単に開けられる。恐らく夜盗の頭目は境内の使用料を貫主《かんしゅ》に納めているのだろう。

初仕事がどのようなものか、全く、見当がつかない。酒屋建築の資金となる銭がとにかく欲しい。銭への執着心は初仕事である物盗りへの不安な気持ちとほぼ同じくらいの大きさだった。

六日前に命じられた通り、覆面を被り人相を隠した。

「新しう我等に加わった潮一じゃ。仲良うしてやれ」と、真直は三人の子分に紹介した。

潮一は次第におどおどとした落ち着きのない眼付きを漂わせるようになった。

真直のすぐ後を一番子分が続いた。潮一は前から四人目、後から二人目になり、飼い主に従順な犬のように夢中に進んだ。四人は夜盗を働くことに慣れているのだろう。足が速く、四半時程、法皇寺から北東の方角を目指していた。月の鈍い光の中に目的の邸が浮かび上っている。目的なしにその建物と向かい合うのなら、それはただぼんやりと沈んでいるように見える筈に違いない。頭目達も同じような経験をしているのだろうか。

「儂は盗賊になった」と、覚正は感じた。

「潮一、お前はここで見張り番を務めよ。儂等四人が中で働き、うまくゆけば壺を運び出そうぞ。それをお前は受け取って、とにかく走れ、北白川北大路へ行くのじゃ。さすれば、彼地《かのち》に久造《きゅうぞう》なる者がおる。『名を何と言う』と尋ねよ。『久造ぞ、お前は』と尋ねるから、『潮一』と言うてから壺を渡せ。お前は何もなかったように自分の住む所へ戻れ」と、真直は小声で捲《まく》し立てた。

真直の指示に潮一は足がすくんだ。だが、与えられた初仕事を首尾よくこなして、この後も盗賊を働き酒屋再興の資金を稼ぎたい。そのように自分に強く言って聞かせた。東に向いた玄関近くで見張り番を務めた。もし、幕府の警邏中の夜廻り役に見つけられれば、とるべき方法は持ち合わせていない。心細さに包まれた。一刻も早くこの場所より立ち去りたい思いに駆られた。虫の音《ね》が騒がしかった。それは潮一の落ち着かない心を紙鑢《かみやすり》で一層、ざらつかせるように聞こえた。

その時、建物内で動きがあった。

「それっ、これを運べ」と、小太りした男から潮一は壺を預けられた。ずしりと重い。言い付け通り北白川北大路を目指した。壺の中で銭が音を立てていた。潮一は音を撒き散らすことは辺りに銭を運んでいることを知らせてしまう、と思った。立ち止まった。銭が音を立てないように銭と蓋の隙間に石を詰めた。壺を振ってみた。音は小さくなった。再度、北白川北大路を目指した。

若い潮一ではあるが息が続かない。立ち止まって周囲に眼光を放って身の安全を確かめた。その時、正真正銘の夜盗に成りきった自身を認めた。ゆっくりと走り始めた。青白い月の光を浴びた人影らしいものが遠くに立っているようだった。霜を浴びたような人影に声をかけた。

「名を何と言う」と、教えられた通りに息を切らせながら尋ねた。

「久造じゃ、お前の名は」と、人影は降り注ぐ光を振り払うように声を発した。

「潮一」と、名乗り「これを」と、潮一は重い壺を渡した。

「ふむ」と、久造は黒っぽくて大きな布に壺を包むと、静かな足音と共に仄かな光の中に吸い込まれていった。

二日後、普賢坊の地で覚正は地面に座っていた。丸味を帯びた体型で付近では見慣れない男が近付き、「潮二」であることを尋ねた。確かめた後、膨らんだ麻袋を差し出した。その男を真直の第一の子分であることを覚正は認めて、麻袋を受け取った。受け取った報酬は指南料の三分の一位だった。早く元手は取り戻したかった。但し、無事に事《こと》が運べばという条件が付く。

やがて、覚正は二年間仕えた赤松満祐が幕府軍により、領国の播磨の国で討たれたことを知った。第六代足利将軍・義教公殺害を指揮した者が、今度は攻められて自害した。武家社会の移ろいの激しさと厳しさを感じた。満祐の死には覚正は悲しみをそれ程、覚えない。下男であったので雇い主であるお邸様《やかたさま》とは生活を共にしたという実感が小さい。

自分や一族の利を得るために争い殺傷を繰り返すことが、武家の本性と覚正は考える。だから彼等の死に対しては涙が頬を濡らすことはない。

青空が高く広がる日だった。長い行列の先頭で馬に跨がった山名持豊（宗全）と河野通直は満足した表情を沿道で見詰める人々に投げた。満祐の首は一行《いっこう》のほぼ真ん中に位置する荷車の上に赤い漆塗りの小さな桶に入れられてあった。腐敗を防ぐために酒に漬けられている。その桶は真に小さく七、八歳の子供とほぼ同じ背丈の武将の首を入れるのにふさわしい。

満祐の首は京《みやこ》へ帰ったのだが、普賢坊の親方の遺体はどのように扱われたのか、分からない。覚正は相助に尋ねてみた。

「『花の御所』に仕える儂の親戚筋に問うてみよ。儂からも声を掛けておいてやろうぞ」との口添えに従った。

相助の親戚の下級役人に覚正は「普賢坊忠左殿の遺髪ぞ」と言われて、細長い紙包みを手渡された。覚正は変わり果てた親方の姿の軽さに心が震えた。

親方の遺体は五条坂の遙か南、清水寺から西南方向に及ぶ広大な鳥辺野《とりべの》と呼ばれる墓場のどこかに捨てられたとのことだった。今頃は既に他の遺体と共に、鳥や獣に食い尽くされ親方が特定されないだろう、と教えられた。

覚正は幕府に人命を尊んだり、死者を丁重に葬る考えがないことに憤りを抱いた。

「普賢坊忠左殿はこれでは浮かばれぬ」と、世話になった恩人への同情を募らせた。

普賢坊の敷地に居住部分として雨風をしのぐ小屋を自力で建て、寝泊りした。この場所に居続けて土地を占有していることを周囲に示し続けるならば、土地を横取りされることはないだろう、と覚正は考えた。殺風景な心模様の中で西北の空に屹立《きつりつ》して見える相国寺《しょうこくじ》の七重大塔(高さ百九メートル)の勇姿が、覚正を元気づけたり和ませたりする。朝日を受けて薄黄色や青灰白に輝くその瓦屋根は、夕日を浴びると赤紫色に変化する。

寺に預けられ童子を経験した覚正は神仏に祈ることが、ごく自然に出来た。普賢坊の近くにある寺院へ本尊の釈迦如来座像をしばしば拝むために、足を運んだ。

「神仏に祈っておけ。寺や神社では賽銭を奮発せい。沢山投げ入れれば、神仏は必ず味方してくれようぞ。危ない夜盗の仕事が安全に渉るというものよ」と、信心深い覚正の行動を知って真直は助言した。

「仕事が安全に、沢山の銭が盗《と》れますように」と、鷲摑みにした銭を賽銭箱に投げ入れて覚正は合掌した。神仏に祈るものの物盗りを無傷で成し遂げている訳ではない。塀から飛び降りる際に足の痛みを汗を流しながら耐えたり、刀傷《かたなきず》を負って長い期間、寝起きが不自由であったりした。

翌年、梅雨が明ける頃、覚正の懐《ふところ》は暖かくなっていた。

具体化する普賢坊再興計画

小金《こがね》を頭金にして酒屋建築に着手することを覚正は、檀佑に申し出た。

「もう纏まった銭が出来たのかの。近頃の若者はよう働くのじゃな、感心、感心」と、檀佑は笑い顔になった。多くの客に接する檀佑は覚正のような若者が短期間に頭金を用意したことを、不審に感じたに違いない。だが、覚正がどのようにして銭を集めたのかは尋ねなかった。不浄な銭であることは気付いていただろう。檀佑は心良く引き受けた。天変地異に襲われなければ三か月位で完成する。建築開始後、一か月半が経てば、中間金を受け取ることになる。檀佑はその銭を受け取り残りの資材を調達して、人足への賃金に充《あ》てる。

覚正は夜、一層、働くことに精を出した。

「潮一、もうすぐお前が儂の下で働くようになって一年が過ぎる。よって指南料を新たに支払うて貰おうか」と、真直は濁声で要求した。

要求額は昨年、払った額の二倍だった。値上げの理由は潮一を含めた部下達の実入りが予期したよりも遙かに多く、財布が潤っているからだった。潮一は指南料は一度支払えば良いと考えていたので、再び要求されたのは意外だった。小太りの第一の子分に尋ねると、既に支払ったとのことだった。「毎年一回、支払うものよ」と、他の仲間は事もなげに言った。潮一にとって指南料は高額に思えた。他の部下と異なり酒屋再興に費用がかかる。僅かな銭でもそれに費やしたい。だから、出し渋っていた。

「指南料を払わなんだら仕事はやらぬ」と、真直は二重瞼の涼し気な瞳に悪意を込めた。

「ふん、我等の実入りが良いことにつけ込んでかような高額の指南料は払えぬ」と、潮一は突っぱねた。

「ならば今宵よりお前は儂から去れ。もう子分ではないわ」と、覆面を通した真直の濁声は一層、籠もった。「この請文《しょうもん》に名前を書け」と、鈍い提灯の光を受けて真直は一枚の紙を広げて見せた。書面の文字は間違いだらけだった。潮一が真直による盗賊集団の所行《しょぎょう》を他言しないように、署名することを求めた。

真直はただ盗賊の頭目という体裁を整えているように潮一は考えた。潮一は偽名であり、偽名による署名など効力はないだろう。それに真直率いる集団の行動を他言することは、潮一自身が捕えられることになる。潮一は金蔓《づる》を失ってしまった。

「ふん、強欲な真直め。これからはお前の世話にならぬ。夜盗は一人できちんと務めてやる」と、潮一は心に決めた。

暫くの間、収入のない覚正は気分が沈んでいた。だが、一人で夜盗を働くと、奪ったものは少なくても全てが自分のものとなる。そのように考えて自身を奮い立たせた。

狙うならやはり武家が良い。多くの武家は幕府と繋がっている。酒屋を含めて商人から高額な税を納めさせるものの、商人を保護しようとはしない。大勢の土一揆勢の力に屈服して易きに流れる幕府とそこに勤める武家を襲うことは自分の理屈に適っている。奴等は生活の苦しさを感じないくらい安閑としていると覚正は敵意を募らせた。だが、一人で武家の邸に忍び込むことは危険である。邸には多くの武士が控えているし下人もいる。思案した結果、路上を通行する武家から金品をせしめることを計画した。

花の御所に勤める富裕な侍を標的に選んだ。一日おき位の割合で室町通の花の御所近くで侍を物色した。二十日間位を費やした。三十代前半に見える侍に的を絞った。大柄な覚正よりも遙かに身体が小さく、善良そうで襲い易く見えた。

幕吏達が給金を受け取る日のことだった。覚正はその侍が帰路に通る四条の南、室町通と綾小路通《あやのこうじどおり》が交わる所近くで待ち伏せした。室町通は南北に延び、通行人は絶えそうにないが、東西に走る綾小路通は人の往来が疎《まば》らな時が多い。

その侍は室町通を南へ下っていた。綾小路通を横切って仏光寺通を目指しているようだった。覚正はその侍を尾行した。人通りが絶えた瞬間、侍におおい被さった。「銭を出せ」と、覚正は侍の喉を短刀が入った鞘で押さえ付けた。侍が肩から背中にかけて背負っている麻袋を手を回して外した。ずしりと重たかった。銭が緡に通されて入っているに違いない。麻袋をふんだくるようにして奪って室町通に面した民家の間の露地に走り込んだ。

その時、「覚正殿」と叫ぶ声が聞こえた。振り向くと笹だった。彼女は家へ入るところだった。以前と同じように総髪という髪型をしていた。「泥棒」という声を辺りに撒き散らせながら、侍は覚正を捜した。見つかって斬り合うことは避けた方が良い。笹には「もう一人」の覚正を知られてしまったが、その場から走り去った。ひたすら笹が自分のことを被害者や幕府に他言しないことを願った。

数日間、覚正は往来を歩くことは出来るだけ避けた。笹が自分のことを他者に知らせないことを、真言密教の最高仏・大日如来に祈った。幕府の役人に捕えられても仕方のないことだと自らの行為を見做《みな》した。承仕や追捕使《ついぶし》も覚正の前には現われなかった。「笹殿、かたじけない」と、笹が住む方角に向かって頭を下げた。安堵感という大海原を眺めながらも、「笹殿にはもう会えぬな」と、ぽつりと自身に寂しく言って聞かせた。

その後、三回、同じような方法で侍を狙った。その後は、白昼、侍から金品を掠めることは止めた。それ以上、同じことを繰り返すことは危険に思えた。背恰好や体格、物盗りの方法が共通して同一人であることが分かってしまう。

酒屋再興の費用がほぼ集まった。建物としての酒屋は北東に見える叡山が雪を戴く頃に完成した。だが、米を買い酒を醸し出せるには、更なる銭と時間が必要だった。覚正には財力が払底《ふってい》していた。酒屋の中習としての仕事を御幸町通《ごこうまちどおり》に捜した。他の地域では盗賊としての素姓が露見して、打ち首になることを怖れた。

九か月間、御幸町通にある酒屋で働き、その間に二回、酒造りをこなした。暫くすると、新米が出回る頃になっていた。中習として働いて得た給金で米を仕入れた。新装なった店は屋号を「普賢坊」から「浄念坊」へと改めた。

酒造りと酒屋の商いを早く軌道に乗せるために覚正は仕事に励んだ。他人の財を掠めることは、暫く中断した。そうしていると心が和んでくるのを感じた。もろみを目の細かな木綿の布地で漉《こ》していた。大きな広口の壺に酒が滴り落ちる。酒の表面に自分の顔が映った。何度も自分の姿を眺めていた。やがて、自分の姿と満津の姿とを重ねるようになった。六角に住む満津のことが蠟燭に火を灯すように次第に大きく覚正の心の中に明るさを増した。もう十九歳になっているだろう。既に祝言を挙げていても不思議ではない。そのように思うと満津の様子が急に知りたくなった。母娘が働く店の玄関は三年前に来た時とは変わっていた。店の前で少し佇んでいた。

「覚正さんかえ。達者で過ごしてたのかの」と、少し会わないうちに満津は身体が丸味を帯びている。

「母上・ちは殿は如何致した」と、満津に会いに来たことを自分で打ち消すかのように、母親のことを話題にしようとした。

「土一揆の男達に立ち向こうて殴り殺されてしもうた」と、満津はその時の光景を思い出したのだろうか、急に涙声になった。

「えっ」と、覚正は驚いたものの、満津を慰める言葉は即座には思い浮かばない。

覚正は自分の近況を簡単に伝え、満津の身辺を探ろうとした。満津は店の玄関を土一揆勢に潰されたが、修築して母親の妹と共に生魚《なまうお》の店を営んでいる。日焼けした顔は逞しく見える。

「さすれば満津殿はまだ一人なのか」と、覚正は訪れた目的を心を弾ませて率直に尋ねた。

「そう」と、満津は口元を緩めた。

「もし良ければ浄念坊の酒屋へ、儂が造った酒を飲みに来ぬか」と、誰にも嫁いでいないことに気を良くして、丁重に誘った。

「私の店《たな》の休みの時に、伺おうかな。覚正さんの造る酒の味を知りたいしの」と、満津は花のような笑顔になった。

覚正は満津が自分に興味という暖かい心を抱いていることに心地良さを覚えた。と、同時に浮き立つ気分だけを持ち続けて良いのだろうか、と自制心が働いた。その喜びは東山の連なった峰々が崩れゆく天候の中で、霞んで次第に見えなくなっていくようだった。

赤松邸で働いていた頃、下女頭の笹が紹介してくれた満津の母親が、暴徒により命を奪われた。彼女の悲運を思い測ると、改めて土一揆勢の狂暴さに怒りを新たにした。母親の笑顔を思い浮かべ満津に重ね合わせた。

「気の毒よな、ちは殿が亡くなってしもうて」と、覚正は満津を慰めるには不充分な言葉を告げた。

「うん」と、満津は覚正から視線を外して下を向いた。肩が小刻みに震えていた。

三日後、太陽が南の空に向かって上っている頃、満津は浄念坊の戸板を叩いた。

「おお、満津殿か、よう来られた」と、覚正は言って建物内へ招き入れた。

「ええ香りがしておるの、旨そうな酒じゃな、この匂いは」と、鶯色の厚手の小袖に上半身を包んだ満津は鼻で嗅覚を確かめる仕草をした。

日頃、寝起きする板間には冬の冷気が漂っているが、覚正は満津の姿に身体が熱くなるのを感じた。

「色んな種類の酒を造っておるのじゃろ」と、満津は酒造りの間の方へ眼をやった。

「如何にも、では下に降りようぞ」と、覚正は板間から酒壺が並ぶ作業場へと満津を導いた。

満津は中肉中背に見える。背の高い覚正の肩口辺りに満津の頭がくる。

「覚正殿は酒屋の主《あるじ》なんじゃな」と、微笑みながら、満津は見上げた。

「大勢の客に買うて貰えるように濁酒《にごりざけ》を主に売りたいのじゃ。金持ち層が好む清酒《すみざけ》は僅かだけ作るがの」と、説明した。

「ふうーん」と、言って満津は作業場を見回した。

「満津殿」と、声を発すると同時に覚正は満津の身体に左腕を回して力強く引き寄せた。満津は抵抗することなく、覚正に身体を預けるように全身の力を抜いたようだった。

東大路通の浄念坊で覚正は祝言を挙げた。覚正には両親が揃っていたが、満津にはいなかった。父は彼女が子供の頃、流行病《はやりやまい》で亡くなっていた。親の代わりに叔母が彼女を支えた。「あんたと一緒に新しい生活を始めたいの」と、満津は覚正にとって健気に思えた。

鴨川の東の地、洛外の地にある浄念坊で暮した後、洛中の三条壬生馬場《みぶばんば》へ引っ越した。もっと広い酒造りの間が必要になったからだった。

半生を語り終えて

「まあ、儂の半生はこういったものじゃ」と、覚正は見回した。丞太の母は蒲団を被り顔を隠して眠っている。弥助と勘造は盃を持ったまま舟を漕いでいる。秋五郎と丞太は酔いが回って眼が虚ろだった。

「何じゃ。誰一人として聴いておる者はいないのか」と、覚正は呆れ顔だった。彼等は久し振りに美味なる酒を飲み、それに満足して気が緩んだのかも知れない。そのように覚正は考え、彼等のなすがままにしておいた。

やがて酔いが醒めたのか、若者達は重い瞼を開き始めた。

「おお、起きたのか」と、覚正は秋五郎に声を掛けた。

「旨い酒を飲んで眠ってしもうたのか、親分、済まぬ」と、秋五郎は自分の行為を説明するかのように言葉を返した。丞太の母は眠り続けている。

「おい、皆の者、よう聞いてくれ。儂には今、したいことがあるのじゃ。夢がある」と、覚正は勇ましく切り出した。

「今度は花を沢山咲かせる樹木に囲まれた『花の御所』に押し込むのか。幕府が持つ金銀財宝、書画骨董をくすねるのか」と、朝之進は眼を輝かせた。

「いいや、ええ（良い）ことと思うが」と、苦笑しながら覚正は答えた。

「儂は若年にも拘わらず酒屋が持てたのは、中習として働いた普賢坊忠左殿のお蔭ぞ。当り前のことを言おうとしただけで牢屋にぶち込まれ、それがもとで自分で命を絶たれた。妻の母親は野卑な土一揆勢に撲殺されてしもうた。子供の頃、眼の前で女が倒れて絶命した。飢え死によ。その者の冷とうなった身体を今もこの手がよう覚えておる。それに善良に見える大勢の者が食べ物がのうて死ぬのを見てきた。それらの亡《の》うなった人達は余りにも惨めじゃ。あのまま死んでは成仏出来ぬわ。だから儂は供養塔を建立《こんりゅう》して彼等の霊を弔《とむら》いたいのじゃ」と、若者達に向かって夢を語った。

「親分も四十路《よそじ》を越えて仏心《ほとけごころ》を持ち始めたのか」と、勘造が尋ねた。

「儂はもともと、仏への帰依《きえ》の心が強いのよ」と、澄まし顔を取り繕った覚正は苦笑した。日頃、彼等とは物盗りについての言葉のやりとりをして険しい雰囲気を漂わせている。だから自分の人となりは彼等には分からないのだろう。

子供の頃、真言密教を奉じる寺院で寺小僧を勤めた。僧ではないものの学僧の修行を具《つぶさ》に見詰め、密教についての教えを請うたこともある。中童子として住職の警護役を担って讃岐へ赴いた。満濃池を眺めて洪水から田畑と百姓を守った空海の偉業も知った。不幸な人のために善なる行ないをしたい。そのような思いは常に持ち続けている。

浄念坊覚正、夢に邁進する

浄念坊がある洛中、三条壬生馬場付近は一寸程の雪が積った。朝餉を済ますと、店《たな》のことは家族に任せて覚正は外出した。「普賢坊の忠左殿、義母のちは殿、大勢の不慮の死を遂げた人達、成仏しなされや－」と、高下駄で雪を踏みしだきながら、心の中で叫んだ。

五条堀川にある石材を扱う店も板葺きの昼根は白く染まっていた。

「おやじ、儂と背丈が同じ位の石で表には文字を幾つも彫って欲しいのじゃが、見積りをしてくれぬか」と、石の粉の匂いが漂う作業場内で覚正は尋ねた。

「石の材質によりけりよ。それと彫り込む字数によっても見積もり額は大きゅう（大きく）変わるぞ」と、日焼けした店主の宗司《そうじ》は的《まと》が絞れない覚正の依頼に答えを濁した。御影石なら見栄えがするが、高価に違いない、と覚正は考えた。

「供養塔か供養の碑を建てたいのじゃ。どんな石があるのか」と、尋ねた。

「緑泥岩ならどうじゃ。何層《なんそう》も重ねて供養塔にするか、供養の碑にも出来るが。それとその石なら字は彫り込み易いのでの。但し、塔にするなら何層にもなるので、字は多くは彫れんが」

と、宗司は眉毛に白い石の粉を載せて覚正を見た。

「文字はこのようにして欲しいんじゃ」と、紙片を見せた。

「字数が多いの。これなら供養塔ではのうて供養の碑にしたらどうか。緑泥岩で見積もるので少し待ってくれるか」と、宗司は重い石材を扱う仕事で鍛えた身体を板の間《ま》の部屋へ消した。

待つ間に覚正は石碑を建てる場所を考えた。死者の魂を癒すことと、そのような人々が命を奪われた世の中を創り出した幕府と武家を非難することが狙いだった。花の御所近くが良い。空地がその近くにあれば、と望みを持った。そこに供養碑を建てることが出来るのなら、朝、幕府に出仕する幕吏達がいち早く眼にすることになる。建立《こんりゅう》者に一様に怒りを覚えて詮索するに違いない。見つかれば覚正は罰せられることは免れないだろう。今迄、成してきた悪事も露見してしまう。そのように考えると自分が意図していることは、割に合わなくなる。

それよりも幕吏に見つかりにくい所で、しかも町の人々に見られる所の方が良いのかも知れない。その方が彼等からより多くの同情が得られるのでは、と考える。

武将は自分達に都合の良い社会を創り出すことに余念がない。京への七つの出入口には関を設けて利用者から税を様々な方法で、巻き上げる。農作物や海産物などの食料品や日用品に税を課す。通行人からは通行料を奪い取る。だが、それらを支払った人達の生命を保証することに税を費やすことはしない。供養碑を読むことの出来る町の人々が、一人でも多く覚正の訴えに賛同してくれれば良い、とも考える。

「満津、石材商に緑泥岩の石碑を頼もうと思うので銭を工面《くめん》してくれぬか」と、覚正は見積り書を見せた。訝る満津に理由を質《ただ》した。

「よう考えてから返事をしようぞ」と、満津は即答をためらった。

已むを得ないだろう、と覚正は感じた。

冷え冷えとした風が浄念坊の建物に棘を刺すかのように吹き付けている。壬生馬場から眺めると西山《にしやま》の幾重にも連なった山々の頂きは綿を載せたように白く見える。

「満津、考えてくれたのか」と、数日経って覚正はじれったそうに言った。

「何のこと」と、満津は一家の女房が夫に対してしばしばするように、初めは知らぬ振りをした。

「石碑のことじゃが」と、覚正は安価な緑泥岩による見積りならば、妻の許しを得易いだろう、と考えて答えた。

「あーあ、あのこと。あれは大金ぞ、あんた。石よりももっと安い物にしたらどう。石屋は石を勧めようぞ。石に代わる物はないのかえ。それに文字の彫り込み料も相当な高額。あんたに協力したいけど、もっと安くつく方法を考えるが宜しかろ」と、満津は客から預かった担保の一尺位の高さの釈迦如来立像《りゅうぞう》を櫃の中で移動させせながら、諭すような口調だった。不幸な死を遂げた人達への憐憫《れんびん》の情は、満津も抱いている。そのことを知って覚正は安心したのだった。

高価な御影石、それよりも廉価な緑泥岩の供養碑は重い漬物石のように家計にのしかかるのが、満津には耐えられないのである。

石材よりも安価な木材による碑ならば、それを見た人々は心の動きを弛《ゆる》めてしまうかも知れない、と覚正は考えた。それに木碑は石碑のように長期間の風雨には耐え切れない。

死者を葬る心の深さは、費やす銭の多さにより判断されるのがご時世よ、と覚正は世間の通念を認めざるを得ない。「だがな、儂は自らの経済力の貧弱さにも拘わらず、無念の死を遂げた人達が哀《あわ》れなのじゃ。彼等が成仏出来るように祈りたいのよ」と、満津に言って聞かせた。

酒屋を営み、金貸し業を兼ねている。生活の糧である酒屋は親方の忠左殿がいなければ、到底、開業は出来なかった。その親方の霊を慰めるためには高価な碑を建てて、一心に祈りたい。石材を買う銭が不足するならば、盗賊を働いて得た銭で石碑を建てることは出来るだろう。だが、それでは覚正の誇りを損なうことになる。

覚正は再度、石材店を訪れて宗司に会った。

「緑泥岩の見積り、何とかも少し安くならぬか」と、値引きを催促した。

「うーん、あれがいっぱいのとこじゃ。そりゃー、五本も六本も買《こ》うてくれるのなら、一本当りは浄念坊殿の望みを叶えれるがの。済まぬが一本だけの注文ならばあの通りの値じゃ。済まぬの」と、宗司は頭を下げた。

「そうか。まからぬか、ならば仕方ない」と、覚正は不満気だった。

「そちらから見せて貰うた文言、その時はよう分からなんだがの、あれから考えたのじゃが相当、不都合かと。字を彫った者が政所の取り調べを受けて、罰せられるやも知れぬぞ」と、宗司は気弱な表情になった。

自分で考えた死者への弔文が石材商に、そのように思われるとは覚正は予想しなかった。不穏な表現であるかも知れないが、自身の正直な心の叫びを表わしている。

京《みやこ》に住む人々は幕府の悪政に対して余りにも角のない心を持ち大人しい、と覚正は考える。被害や損害を受ける生活を強いられても、不満や異論を幕府や武家に突き付けない。

「ふん」と、覚正は一瞬、不貞腐れた表情を浮かべた。

弔文は自分で石に彫る技術は持ち得ない。墨書《ぼくしょ》すれば誰にも気兼ねは要らない。そうすると、石ではなく木ということになる。そのように考えながらも石碑にこだわり、他の石材商に見積りを依頼した。宗司のものよりも七分《しちぶ》程、高額だった。

「諦めるか」と、覚正はぽつりと自分に言って聞かせた。

番匠《ばんじょう》の檀佑に樹齢三十五年位の樟の材木を譲ってくれるように頼んだ。大きな木材を必要とする。材木商から買い付けるよりも多量の木材を扱う番匠なら余った資材を融通してくれるかも知れない。覚正は目的を告げた。

「儂は浄念坊さんに材木を売るだけぞ。勿論、墨書出来《でけ》るように木の面を滑らかにしておいてやるがの」と、檀佑は弔文の内容と係わりがないことを、覚正に確認させた。

樟の材木が届けられる迄、覚正は木碑について考えた。隣人に知られないようにしなければならない。どこに建てるかが大きな問題である。幕府に近接した所は効果が期待出来ないかも知れない。早朝に出仕する幕吏がいち早く引き抜くことが予想される。木碑建立者の捜索がすぐに始まるだろう。

自分の家から遠く離れた洛外の五条近辺ならどうだろうか。五条通と東大路通が交わる地点なら大勢の通行人に訴えることが出来そうに思える。近くの清水寺へ参詣する人と他の通行人の注目を浴びることが出来るだろう。それでも一日も経たないうちに怒り狂う役人により木碑が取り除かれることはあり得る。

「まあ良かろう」と、覚正は自身に言った。

木碑を運搬するのに部下一名と真魚に手伝って貰うことを考えた。墨書した内容が効力を発するには僧に経文を誦《よ》んで「念」を入れて貰わねばならない。だから自分の意図を理解してくれる僧を捜すことが必要になる。

「父《とと》さん、檀佑さんが見えました」と、真魚は酒造りの間《ま》で酒壺から発せられる芳醇な香りを楽しんでいる覚正に間仕切りの板戸を開けて声を掛けた。

「おお、そうか」と、覚正は言って店先へ回った。

「例のもの、届けに参った」と、檀佑は穏やかな表情を浮かべた。

「じゃ、勝手口の方へ回ってくれぬか」と、覚正は指示した。

梢に残っていた櫟《くぬぎ》の落葉を受けながら覚正は、木碑にふさわしいまっすぐな樟に手を触れた。

檀佑が加工した材木は肌触りが良かった。墨と筆を用意して入会地に材木を横たえた。かじかんだ指を懐に入れて暖めた。

『不本意に生命《いのち》を奪われたる者の霊をここに慰める。幕府とそれを支える武家の横暴、無策、無分別、我欲により被害を受けたる善良な人々の魂をここに弔う。永遠《とこしえ》に安らぎを与えられ、天国で憩われることを願う』これが死者への鎮魂《ちんこん》の願文である。

覚正は縦横を崩さずに文字の大きさと列を整え、楷書で書き進めた。木碑を見る人々の多くは読み書きが不自由ではあるが、往来を行き交う商人や僧が文言の意味を伝えてくれるだろう。それが覚正の望みでもある。文言を書きながら身体が熱せられるのを感じた。

真魚に覚正の作業振りを聞いた満津は入会地へ出た。

「あんた、凄い文言ぞ。何事も起きぬことを願《ねご》うとる」と、満津は耳うちした。

「これ位のことなら、なーんにもなかろ」と、覚正は楽観した。再び弔文を読み返した。

「この供養碑はの、儂自身には水晶や金剛石を散りばめて作った矢羽根のように思える。不幸な死を迎えた人々への儂の心を羽根に含ませたのじゃ。幕府の政治《まつりごと》を批判するために放つ一矢《いっし》ぞ」と、落ち着いた口調だった。

だが、副業として盗賊を働き、その実入りのほんの一部が木碑に充てられている。羽根の部分に水晶や金剛石を散りばめた筈の矢は、土で固めて作った汚れたものかも知れない。矢の先の矢尻、それに矢の柄の部分は正常である。矢そのものを遠くへ、しかも正確に的を射ようとするために付けた羽根が不純に見える。鷲や鷹のような猛禽類《もうきんるい》の羽根を用いたものは特に正確に的を射ることが出来て、武将同志の高級な贈答品として重宝される。

「真魚を呼んでくれぬか。この木碑を荷車に積んで酒造りの間へ運び入れたい」と、覚正は木碑を菰《こも》で包みながら、満津に頼んだ。白くて小さな綿のようなものが空から落ちてきた。

「また、こごえ死ぬ者が出るのう」と、覚正は悲しんだ。

「あんたが供養碑を建てたことが幕府に知られぬように万策を立ててくれろ。夜中がええな」と、満津は覚正に助言した。

町に住む人々は覚正を含めて自分の生活を守ることに全ての力を注ぎ込んでいる。餓死寸前の者を人々が見つけても食べ物を施すことはしない。僧侶や修行僧は自分達の寺院や生活を維持するために、祠堂銭を集める。だが、それらの銭を生活困窮者に使うことはない。仮に施しをする人が社会の隅にいるとしても、その数は限りなく無に近い。

三日後、夜、荷車に木碑を載せて五条通と東大路通が交差する所へ運ぶことにした。真魚と秋五郎が手伝ってくれる。彼等は警護役も兼ねるように数打ちを携行するように指示した。侍所に勤める勘造には覚正は何も伝えていない。秋五郎に木碑のことは伝えないように命じた。弔文が真に不幸な人々を癒せるように善親《ぜんしん》和尚に経文を誦んで「念」を入れることを依頼した。和尚は浄念坊の贔屓の一人である。覚正が弔文の内容を和尚に伝えた時、眉間を曇らせた。「念」入れの報酬を覚正が示すと、初めは領かなかった。四割増しの額を告げると、和尚はゆっくりと首を縦に振った。和尚も今の時代を生きている、と覚正は感じて苦笑した。

「父さん、今宵は夕餉の後もずっと起きておかねばなりませぬな」と、真魚は小さくて四角い膳の前に座って、椎茸と湿地《しめじ》を入れて塩と酒を加えた澄まし汁を口にした。膳には娘の礼美が天神川で釣った鮒の塩焼も載っている。

「済まぬな。日が暮れて戌《いぬ》の刻（午後八時頃）になれば秋五郎が来てくれるから、出かけようぞ。善親和尚は直接、現地へ来てくれる」と、覚正は満津と礼美が作っている冬瓜《とうがん》の漬物に箸を伸ばした。

「父さん、気を付けなされませ。自分のしたいことは必ずする父ゆえ、止めることなど出来ませぬ」と、礼美は諦めとやさしさを瞳に込めた。

「うん、うん。夜はぶっそうじゃからの」と、覚正は首を縦に振った。

「あんた、木碑は地面に如何にして建てるのかの。あんたの背丈程もあるあんなに大きな材木を」と、満津は不可解さで口唇を尖らせた。

「漆喰、麻布、粘土を使えばしっかり建てることが出来ようぞ」と、覚正は自信を窺わせた。

「心の丈を存分、吐き出して来られませ。私の亡き母の冥福も祈って下され」と、満津はしおらしく見えた。

　満津と礼美は太陽が西山《にしやま》の稜線に隠れる頃には、薄い蒲団をそれぞれ二枚ずつ重ねて、安らぎという身体の宝物に見える道を辿った。

勝手口の戸板を小さく叩く音がした。

「秋五郎、秋五郎」と、自らを名乗る高い声がした。

「おお、入られよ。ご苦労じゃな」と、覚正は寝入っている二人を目醒めさせないように低い声で言った。

「真魚、玄関にある荷車を外に出してくれるか、静かにな」と、覚正は小声で指示した。

菰を巻き付けた木碑を真魚に助けられて、荷車を引き運んだ。前日に覚正が油を注《さ》した荷車は滑らかだった。覚正は辺りの気配に神経を澄ませた。荷車は細い道を進んでも民家の人々の眠りを妨げることはない。盗賊に覚正達の存在を気付かせて犠牲の標的になることはないだろう。更に敏捷で腕力が強い秋五郎に守られていることに覚正は心を幾分、安らかにした。冬の夜空に現われる特色のある形に配列されたような星々を、時々、見上げながら目的地を目指した。

東大路通に入り、鴨川に架かる五条大橋（現松原橋）にさしかかった。荷車が立てる音が急に大きく聞こえる。地面ではなく木の橋なので車輪の音がよく響くのだろう。

その昔、笛を吹く子供の牛若丸から刀を盗もうとした武蔵坊弁慶が、しくじり、散々、いたぶられた。そのために牛若丸の家来になった。それはこの橋での出来事と伝えられている。だが真実は二人が出会ったのは五条天神宮の南を流れる西洞院川《にしのとういん》の橋上であった。それに牛若丸は笛を嗜むような教養のある子供ではなく、喧嘩に明け暮れた悪童であったらしい。そんなことを覚正が子供の頃、仕えた寺の住職が教えてくれたことを思い出していた。

目標地点に着くと、真魚と秋五郎の助けを得て木碑を倒れないように、そのまま地面に建ててみた。強い風や衝撃を受けると簡単に倒れてしまいそうだった。鍬を使って一尺半程の穴を掘った。穴の底と周囲に漆喰を厚く塗った。暫くして漆喰が粘着力を増すと、粘土を薄く被せた。更にその上に麻布を張り、漆喰を薄く塗った。麻布を巻き付けた木碑を穴に嵌め込んだ。

「親分、上手く入りましたな。このまま倒れないように支えて、木の周りに砂を被せ、砂を叩いて固めるとしっかり建ちましょうな」と、秋五郎は冷気を吸い込んだ。

「そうじゃな。しっかりと土の中に喰い込んでくれれば良いのじゃ」と、覚正は声を弾ませた。

月の光を浴びながらの長時間に及ぶ作業により三人の身体からは、汗が湯気になって立ち昇るくらい身体は熱くなっていた。

「夜が明けて文字が読める人が見ると、驚く程、過激な内容が書いてあるのじゃろ、親分」と、秋五郎の吐き出す息が青灰色に見えた。

「そうよ、大勢の文字が読める人に見て欲しいのじゃ」と、覚正は望みという翼をいっぱいに広げた。

北の方角に人影を認めた。小さな影は急に大きさを増して進んで来た。

「和尚、ようく来て下された。さぞ、来にくかったろうに」と、覚正は遅い時刻にも拘わらず遠路をやって来た労を犒った。

「浄念坊殿の頼みとあらば応《こた》えようぞ」と、挨拶代わりに善親和尚は返事した。

「これなのじゃな、木碑なるものは」と、暗がりの中で判読困難な黒色の文字に眼を近付けた。

「『念』を入れて下さるか」と、覚正の声は改まった。

「では」と、善親和尚は地面に腰を下して胡座《あぐら》をかいた。数珠を擦り合わせた。

「如是我聞《じょしがぶん》　一時薄伽梵《いっしふわきゃふぁん》　成就殊勝《せいしゅしゅしょう》……」と、誦み始めた。真言密教の重要教典である理趣《りしゅ》経《きょう》の一節だった。

和尚は淀みなく艶のある高い声で詠じている。覚正は合掌していると死者への弔心が嵩じていた。やがて和尚と唱和して理趣経を誦み始めた。

「一切印平等種種事業《いっせいいんぺいとうしゅじゅしぎょう》　於無盡無餘一切衆生界《よぶしんぶよいっせいしゅうせいかい》……」

その経文は覚正が不動明寺に仕えていた頃、修行僧が誦《ず》しているのを聞き覚えたものだった。

覚正の生活を支えた普賢坊忠左、土一揆勢に撲殺されたたちは、子供の頃、眼前で行き倒れた若い女、共同井戸付近で水に届かずに絶命した男女、寒さや暑さの犠牲になった老人、砂塵《さじん》を全身に纏ったかのような姿で息絶えた人達、武家の力に抗《あらが》って斬殺された屈強な男達、彼等の生命を考えると暗黒の理不尽さに覚正は感涙《かんるい》を抑えることが出来ない。地面に胡座をかいて座っている秋五郎と真魚も覚正と同じような心模様を抱いているのだろうか。

善親和尚は読経を終えた。

「この碑文が一人でも多くの人に読んで貰えれば、浄念坊は幸いよの」と、和尚は覚正に同調するかのようだった。

「拙僧は仕事を終えたので、帰山《きざん》致すこととする」と、和尚は帰り仕度を始めた。

覚正は死者への憐れみという沼に全身を浸らせていたので、容易に抜け出せず和尚の言葉が理解出来なかった。

「もう帰山することにする」と、和尚ははっきりとした口調で繰り返した。覚正は無反応だった。

「ついては浄念坊殿、布施じゃ。布施を受け取りたいのじゃ」と、和尚は促した。その言葉に覚正は現実に戻った様子だった。

「あっ、あっ、どうも失礼致した。気付かずに失礼致した」と、覚正は決まりの悪さを言葉に込めた。

「真魚、木箱を取ってくれぬか、荷車にある」と、指示した。覚正が差し出した洪武通宝、宣徳通宝、永楽通宝の重みを和尚は、両方の掌《てのひら》で確かめた。覚正達は和尚の後姿を拝むようにして見送った。

「親分、恙無《つつがの》う終えてようござったな。いつ迄もここに木碑が建っておれば、親分は本望じゃろう」と、秋五郎の声は明るかった。

「まあ、すぐに幕吏は碑を倒すかもな。このような幕府や武家を詰《なじ》った文言を書いた者を罰することに汲々《きゅうきゅう》とするじゃろう」と、覚正は京を治める武家階級の対応を思いやった。

家へ戻っても覚正は容易に寝付くことは出来なかった。目的を果したことから生じる達成感とそれがもたらす危険という相反するものが醸し出す不安定さを味わい始めた。

「あんた、もう起きて下され。とっくに朝になってござる」と、満津は覚正の肩を揺すった。

「あっ、あー」と、充分な眠りをとれなかったので、覚正は妻の声を屋外で発せられたかのように聞いた。

「目的を果したので爽やかになっておろう」と、満津は覚正の冴えない表情に異を唱えた。

「満津、後で木碑がどうなっているのか見て参る」と、不安に心が占領されて声を落とした。

「ついて行って構いませぬか」と、真魚は木碑の有様が気になっている様子だった。

「それには及ぶまい。二人で行けば目立つかも。真魚は店番《たなばん》をしておけば良かろう。儂一人で行く」と、覚正は制止した。

「残念でございますがそのように」と、真魚は仕方なく父に従った。

「あんた、気を付けて下され。勇ましゅう幕府やお武家を責め立てても、我等は京《みやこ》に住むただの者、弱い者ぞ」と、満津は覚正を諫《いさ》めた。

覚正は満津の言葉に無言だった。日頃、武家が作り出す支配の在り方に一つの楔を打ち込んだ、と自画自賛気味に考えていた。だが、高揚した筈の気分が急に萎《な》えるのを認めざるを得ない。

「ふん」と、自らを貶《おとし》めた。

これ迄は常に心が大きく揺らぐことなく、暮らしてきた。酒造り、銭貸し、強盗をこなしてきた。それに反して今朝は朝日の輝きにより、薄くなりやがて消え去る霧のような心模様になっている。足利氏とそれを支え連合を組む大名から成る室町幕府が作り出す社会に異議申し立てを行なうことの難しさを感じている。その困難さは恐怖感になりつつある。

「朝餉は食べんの」と、満津は不思議がった。

「出かけてくる」と、食欲を失った覚正は板戸を開けた。

冬曇りの鈍い光を眩しく感じた。北東方向に見え隠れする相国寺の七重大塔の甍は、靄《もや》で燻っていた。巳の下刻（午前十一時）になっていた。昨夜は身体が熱く感じたのに、五条大橋を渡っている頃は鴨川を吹き渡る風を冷たく感じて身震いした。五条通と東大路通が交わる所には大きな人だかりが出来ていた。群がる人々の隙間からも前方は見えないくらいだった。背負った鋤《すき》や鍬《くわ》越しにちらりと見えた。

「何事でござる」と、覚正は他人事を装った。

「幕府の御政道に盾つく檄文《げきぶん》ぞ、あれは。そんで（それで）、幕府は書いた輩《やから》を見つけ次第、厳罰に処するそうじゃ」と、髭面で眉毛が濃く頑丈な身体の男が表情を硬《こわ》ばらせた。

「そうでござるか」と、覚正は揺れる感情を鎮《しず》めて答えた。

「厳罰に処するとはどんなことよ」と、別の男が尋ねた。

「打ち首かの」と、尋ねられた男は答えた。

やがて覚正は人を押し分けて前へ進んだ。木碑は既に取り除かれて、幕府による警告の木札《もくさつ》が立てられてあった。その横には役人が二人、木の長い棒を地面に突き立てて仁王立ちしている。見物人を見回して群衆の中に下手人を捜し出そうとする険しい眼光だった。彼等の視線に覚正は怯むことなくその場に立ち続けた。幕府の迅速な対応を、一瞬、感心する程だった。二人の役人が自分の方へ視線を放っているように感じながら、木札に眼を向けた。

「告《こく》　此の場所に幕府の政治《まつりごと》を非難する木碑が建てられし事　甚だ遺憾千万　木碑を建てし罪人及びそれに加担したる者　見つけ次第　根切りに処す　幕府　侍所」と、達筆な文字で墨書されている。

足がすくむのを覚正は必死にこらえた。木碑を建てるのに数人の協力者を得たものの、幕府や武家を糾弾の的にしたことは、無謀だったのかも知れない、と感じた。「根切りに処す」とは根絶やしにすることである。

「物騒よな、『根切り』とは」との声が辺りで口々に聞こえた。

木碑を建てた地面は砂を被せて何も建っていなかったように均《なら》されていた。幕府は住人への影響を怖れて、いち早く抜き去ってしまった。だから、ここに集まっている人々は文言は読んでいなくて伝え聞いただけだろう。

どれだけ多くの住人が木碑を眼の当りにしたのだろうか。どれ位の人達が覚正の考えに賛同して武家が創り出している社会を批判するのだろうか。そのように考えると木碑を建てるのに費やした労力と今、暗黒に思える大きな恐怖を抱くことになり、割に合わないように感じた。

「それはお前の本意ではなかろう。お前の本心は死者の霊を弔うことにあった筈」との声を、もう一人の自分が語っているようだった。暫く立ち尽くしたまま、心の平静を取り戻そうとした。吉祥天女《きっしょうてんにょ》像を観想して心の中に穏やかさを吹き込ませようと悪戦した。

吉祥天はあらゆる災害から守ってくれる美しい仏像である。自らの心模様は正《まさ》しく災害であると見做した。吉祥天の真言「オン・マカシリエイ・ソワカ」を何度も心中で唱えた。眼前に立つ幕府による京人《みやこびと》を取り締まる高札など恐れるのに値しない、と心を強く保つことの大切さを味わった。

「死者を悲しみ悼《いた》むことが本意ぞ」と、自分に言って聞かせた。

「幕府と武家など下らぬ。気にすることはない」と、心中で吐き捨てた。高札は単なる脅しに過ぎない、とも考えた。現世の状態を肯定するために、高札という手段を用いて警告を発し、威信を保とうとする。

「ふん」と、覚正は心中で呟いた。

季節が進んでいるのを風の中に感じる頃となった。濁酒を買いに来る客が神社の境内に、静かに咲く梅を話題にする。

終章

「父さん、春日神社では盛りが近いとか。梅を見に行きませぬか。うちがおにぎりなど作りまするゆえ」と、礼美は空になった酒壺を水洗いしている覚正に話しかけた。大和の国にある春日大社に属する春日神社は浄念坊のある壬生馬場より西方向に位置する。西大路通より西へ一筋入った所に石の鳥居が、東に向いて建っている。その前の南北に走る通は社名に因《ちな》んで春日通と呼ばれる。梅と桜が美しい神社として町の人々を喜ばせている。

「そうじゃな、春日神社はさほど遠くなし、四人で見に行くか。あとで満津には儂から言うておくかな」と、幕府による高札のことを記憶の底へと沈めて顔を綻《ほころ》ばせた。

数日後、家で摂る朝餉を春日神社への梅の花見に切り替えた。西大路から西へと石の鳥居に引き付けられるように家族四人が歩んだ。境内の樹木の香りがゆるやかな西風に運ばれてくる。その香りを嗅ぐと覚正は一層、心が落ち着くのを覚えた。樹木が放つ香りには人間の感情を和ませる作用があるのだろう。境内には白梅と紅梅がほぼ同数、その美しさと馥郁《ふくいく》とした香りを競っていた。

「先に本殿に参ろう」と、覚正は満津を誘った。親子四人が南に向いた社殿の前で賽銭を投げ入れて、柏手《かしわで》を鳴らし、合掌した。

「常に心が安らかでありますように」と、覚正は祈った。三人も各自の思いを込めた。

眩しい朝日を浴びながら来た道を戻って、地面が紅梅の色に染められたかのような所に満津は莫蓙を広げた。礼美は竹の皮に包んだ強飯《こわめし》のおにぎりを取り出して配った。梅の香りを口の中に取り込みながら、にぎり飯、蕪《かぶら》の薄切りと蕪の葉の一夜漬を味わった。

「いつもの朝餉と違《ちご》うて味が変わり、一層旨《うも》うございますな」と、真魚は二つ目のにぎり飯を口に運ぼうとした。

「うちの腕がええからよ」と、礼美は弟を見て澄まし顔になったかと思うと、すぐに笑った。

満津は娘に眼を細めた。覚正には母親として、いつでも嫁に出せる、と思っているように見えた。

境内は梅を賞《め》でる人々がちらほら行き交っていた。

覚正達からすぐ近くの白梅の木の傍で、薄茶色の綿入れの着物を着た二人の男が、立ち話をしている。やや裕福な身なりから判断すると、栄えている商家の主かも知れない。

「十日程前に五条の町角に建てられた木を覚えていよう。儂もあんたも早朝に前を通りかかったから見られたのじゃが」と、四十代半ばの恰幅の良い男が話した。

「あんたも儂も文字が読めるから、その弔文の過激さがよう分かったろう。そんで（それで）

三日前に儂の所へ侍所の承仕が参ってのう、『檜の材木を売らなんだか、文字の書ける男に』と、尋ねたのよ。儂は材木を扱うゆえ、檜も扱うが、『檜を買《こ》うたその者が字が書けるかどうか、そんなことは分からぬわ』と、答えてやった」

「そんで、役人はどうじゃった」と、三十代初めに見える男が関心を持った。

「『長さが六尺一寸（約一メートル八十五センチ）の丸太を売らなんだか』とも居丈高《いたけだか》に質問するのよ。そんで、『そんな材木は覚えておらぬ。檜は大きい材木ゆえ、六丈（約十八メートル）七丈（約二十一メートル）位の長い材木を買《こ》うて自分で六尺一寸に切ることも出来よう。それゆえのう、六尺一寸の檜を買うた者が下手人と決めつけることなど、出来ぬて』と、儂は言うてやった。あの若い承仕は何を考えて尋ね歩いとるのかの。あれで取り調べが出来るのか、と儂は思うた」と、三十代の男を見た。

「御仁《ごじん》は仲々、威勢がええ（良い）な」と、若い男は相手の気丈さに感心した様子だった。

「そなたの所へは承仕は聞き合わせに来ぬか」

「うーん、来てないと思うが。儂はこの頃は、昼間、店《たな》を空けることが多《おお》てな。昼間はあちこちの建築現場を回って、どんな資材を番匠は使うとるのか、調べとるのよ。お互い少しでも多く、材木を売らねばの」と、若い男は言って白梅に顔を近付けた。

「幕府は木碑を建てた者を懲らしめたいじゃろうが、そんな取り調べに躍起にならず住人に良い政治《まつりごと》をせねばのう」と、年長の男は相槌を求めた。

「けど、その罪人を挙げると承仕の手柄になるんじゃろう」と、若い男は尋ねた。

「なるじゃろ。儂に言わせれば弱い者いじめよ。木碑を建てた者がどんな人物かは知らぬが、よくよく思うてのこと。世の中が余りにも惨めに見えるので、武家が創り出したこの世に警告を発したかったのじゃ。その者は武力に頼らない勇気のある者よ。猛者《もさ》じゃな。天晴《あっぱ》れよなあ」と、感慨深げだった。

覚正は二人の男に聴き耳を立てていた。話の内容に全神経が反応した。

木碑を運ぶことに協力した真魚は父の様子を気に懸けながらも、二人の話す内容に知らぬ振りを装った。満津も礼美も涼し気な表情で梅の花を楽しんでいる。覚正は家族に感謝した。

「ちょっと、お尋ねして良うござるか」と、覚正は食べようとしていた蕪の薄切りを竹の皮に戻して立ち上った。

「その承仕は何という名か覚えてござらぬか、それに年恰好は」と、問いを畳みかけた。

「えっ、えー、名は確か治郎輔《じろすけ》、そっ、そー、治郎輔。歳は、そうじゃなー、三十代の初めかのう」と、言いながら覚正に不審な視線を放った。

「それが、何か」と、その男は尋ねた。

「うっ、親戚に幕府に仕える者がおって、承仕を務めていて。もしその者がそちら様に出向いていたとしたなら、よう働いておるなと、私は嬉しう思いましてな。じゃが名前と年恰好が違うので別人かと。どうも話の中に立ち入って済みませぬ」と、覚正は作り笑いをした。

「左様か、承仕だけでも三十人はおるからの、別人ぞ」と、その男は言った。

「そっ、そう、そうじゃな、別人じゃ」と、覚正は冷や汗を背中に感じた。

その後も覚正は夜盗を働くことを企てていた。生暖かい東風《こち》が吹く日の未の中刻（午後三時）の頃、覚正は二条室町通から東方向にある小さな寺の境内で勘造を待っていた。金堂《こんどう》の前で本尊に一礼をして祈りの言葉を言うかのように口を動かせた。その姿は遠目からは信心深い善良な男のように見える。

勘造は南に向いた山門を潜ると、すぐに覚正を認めた。にっこり微笑み右手を上げた。

「次はどちらへ」と、早速、押し込み強盗を働く邸を尋ねた。

「しっ」と、覚正は勘造を制止した。その仕草を境内を掃き清めている若い僧が見て、怪訝な表情を一瞬、浮かべた。

覚正は何気ない振りをして幕府の動向について探ろうとした。

「俺はその木碑の処置は担当せぬゆえ、詳しくは分からぬ」と、勘造は前置きをしながらも同じ承仕として、同輩から得た事柄と幕府の処理を語った。

「もう幕府は木碑を作り、幕政を批判した下手人を捕らえ処分してござる。斬首して明日、一条戻り橋に首を晒《さら》す手筈で、その男の家族三人は牢にぶち込んだとのこと」と、勘造の言葉には淀みがなかった。

覚正は複雑な気分になった。勘造には自分の行ないが知られていないことは幸いではある。

だからこのまま隠し通すことが出来よう。だが、自分以外の者が罰せられたことをどのように考えて対処すれば良いか、思い悩み始めた。

「それで下手人とはどんな者かの」と、大柄な覚正は勘造を見下した。

「洛外、六条に住む金細工師・服部知世壱《ちよいち》と申す三十七歳になる男とのこと」と、勘造は役人らしい口調だった。

「ふーん、そうか。じゃが、如何なる方法でその金細工師を捕らえたのか」と、覚正は不可解だった。

「いつものように、まず、卜師《ぼくし》（占師）に伺いを立てたんじゃ。すると、花の御所より東南に罪人は住んでおるらしい。それから、幕府に納める税を申告するのに使《つこ》うた請文《しょうもん》に書かれた筆跡《ふであと》を調べたそうじゃ。大層、骨の折れる仕事での、費やした時が甚大じゃったらしい。木碑の文字の形と紙の文字がそっくりじゃったらしい。そんで罪人を割り出したとか」と、勘造は語った。

不慮の死を遂げた人達の霊を慰める志を立て、幕府批判も狙った自分の行為が、自分で制御出来ない方向に進んでいる。その中に巻き込まれた服部知世壱なる男に覚正は、同情の念を抱いた。その金細工師は幕府の取り調べにどのように応えたのか知りたかった。

「その知世壱なる男は自白したのか」

「自白など致さぬ、親分。罪人という者は常に『自分がやりましてござる。悪《わる》うございました』などとは言わぬもの。侍所の判断は常に正しゅうござる。よってもう斬首したとのこと」と、勘造は事も無げに語った。

「そうか」と、覚正はぽつりと言ったきり黙り込んでしまった。

自分の行ないの濡れ衣を着せられて生命を奪われてしまった。その上、家族は牢に押し込められた。牢獄は暗くて汚く病の巣窟でもある。無事で病を得ることなしに三人の家族が出獄出来ることは、困難であることが推し量られる。覚正の心は疼いた。だが、彼等のために何かを成すことは出来そうにない。

「どうすれば良い」そんな思いが胸中で何度も谺《こだま》しながら増幅された。

幕政と武家社会を批判することにより、憐れな死を遂げた人達の霊を癒そうとした。だが、不幸を撒き散らすことになってしまった。足元にある小さな石を近くに立つ狛犬《こまいぬ》の石像の台座に緩く投げた。

「いつ次のやまを踏むのでござるか」と、今日、覚正に会った本来の目的を勘造は急《せ》かすように尋ねた。

「せっかく会《お》うたが、企てはいま一度、練り直したく思うての。また連絡するゆえ、それ迄、待ってくれぬか」と、覚正はきまりの悪さを表情に込めた。

盗みを働く気分には到底なれそうにない。

「そりゃええけど、なんで（どうして）」と、勘造は要領を得ない思いを募らせた。

「うっ、うん、それはの、この数日間、その邸は警護の侍が多くなっての。だからそこはとり止めるかもな」と、理由を取り繕った。

「ほんなら頼んます、また連絡を」と、勘造は肩を左右に揺すりながら軽やかな足取りで山門を潜って行った。暫くおいて覚正も山門から往来へ出た。壬生馬場へ西の方角へ歩いた。いつもなら行き交う人々をしばしば好奇な眼差しで見ながら進むのだが、今日はそのような気分にはなれない。

翌日の昼下がり、覚正は金銭貸借の請文を整理していた。返却期限切れの客が数人いる。木碑を建てて以来、そのことが心を占めていた。やっと久し振りに金銭貸借の仕事が出来るようになった。

「父さん、帰りました。一条戻り橋に生首が晒されてございました。『御政道を批判した廉《かど》で捕らえて斬首した』そうでございます。晒されて数日経ってると人が言うてました。私は気持ち悪うて、はっきりと顔は見なんだけど」と、酒の配達から帰って来た真魚は、顔色を失った様子に見えた。

その時、常連客の一人が酒を求めて入って来た。その客も晒し首を話題にした。話の内容は勘造が覚正に知らせた詳細と一致していた。再度、覚正は複雑な気分になった。

「父さんは捕らえられずにようございました。気の毒な死者を悼む弔文を書いたからでございましょう。もし書かなかったら……」と、客が去ってから真魚は言って怯えた表情になった。

覚正は息子を見詰めても心の揺らぎを見せなかった。

「真魚、夕餉を食べた後、散歩に行かぬか。日暮れ迄には充分、戻れるゆえ」と、誘った。真魚は常とは異なる父親の様子に、ただ黙って相槌を打った。

「満津、礼美、少し出かけて来る」と、共同井戸の近くで器を米糠を使って洗っている二人に声を掛けた。

覚正達は北西の方角へ足を向けた。七松通《ななつまつ》を過ぎ御前通《おんまえどおり》を上った。やがて、北西から西の方角へ流れる天神川の近くにやって来た。川の流れる方向に、所々、樹木が茂りその周りには灌木が生えていて、冬の風情を今尚、残している。それらの木々を傍で見ながら西へ歩んだ。対岸の向こうには広大な妙心寺の境内の森が見え隠れする。歩んでいる前方に眼をやると、大木の下の所々にぼんやり明るく見えるものがある。

「父《とと》さん、あの薄黄色に見えるものは何でござろう。あれ、あっ、あそこにも」と、真魚は幼児がはしゃぐように声を弾ませた。

「んー、キブシの花だろうよ。見てると仲々、味わい深《ぶこ》う見ゆるな。気分が解《ほぐ》れる」と、覚正は重い口元を緩めた。

覚正には知世壱なる金細工師が幕府により命を奪われたことが、凹凸の激しい岩を背中に抱えているように感じられる。

幕府が下した間違った判断と処置について、覚正は「与《あずか》り知らぬ」という結論を導いた。仮に木碑を建て幕府批判も企てたことを名乗り出しても、幕府は黄金に似せた紛い物の金属の箔片を纏い付かせた威厳を示すだろう。

「お前は嘘を吐いておろ。罪人とは住んでいる所が異なる。筆跡も似ておるが異なる。水茎《みずぐき》の跡を鑑定するとお前ではないことは、問注所の右筆《ゆうひつ》（秘書役）が言うておる。さては幕府の威信を落とそうと企《たくら》むのか」そのような声が聞こえる。会ったことがない服部知世壱という人物に心の中で、哀悼の言葉を告げた。更に、許せ、と呟いた。

武家が創り出し、人々を苦しめ死に追いやる室町幕府の政治《まつりごと》を糺《ただ》そうと一矢《いっし》を放った。その矢は的《まと》の中央である正鵠《せいこく》を射るために、最も正確に飛ぶ猛禽類の羽根を取り付けた極めて質の高い矢羽根であった筈だ。だが、自らの行為のために自身が悩み、武家による報復を恐れることになった。その上、無実の者を地獄へ旅立たせてしまった。このように考えると、放った矢は実に禍《わざわい》をもたらし泥土でかたどったものだったように思える。覚正はこの悲しさを生涯、持ち続けねばならない、と自身に言って聞かせた。

そのことは、これ迄に行ってきたことを顧《かえり》みるきっかけになった。やがて年齢的にも体力的にも俊敏な動作が無理になり、盗賊は続けられなくなるだろう。収入を増やすために、人々を搾取する武家や公家に反感を持ち続けて彼等から富のごく一部を盗んできた。だが幕府に捕らえられないうちに盗賊を辞める方が良いことが、脳裡を掠めた。

真魚はまだ子供だが、随分、成長した。息子と自分とが中心になって、一層、家業に励むと一家の収入も自然と増すだろう。

「真魚」と、横を歩いている息子に声を掛けた。

「はい」と、真魚は顔を上げた。

「これから先も、しっかりと生きるのじゃ。浄念坊を守り立て酒屋と銭貸しに励もうぞ。礼美は他家にもうすぐ嫁いでしまうだろうよ」

天神川は覚正達が歩いている平坦な土手からは、随分、低い所を流れている。暖かくて心地良い風が吹き始めた。覚正は風を受けて時々、流れを見下しながら歩いた。そぞろ歩きする二人の親子は妙心寺の森からは、ちっぽけで平穏な点景に見えるだろう。


〈了〉

著者略歴

加納　劼（かのう　つとむ）

昭和22（1947）年　大阪市生まれ。大阪府豊中市在住
関西外国語大学・大学院英語学研究科修士課程修了（文学修士）
大阪府立の高等学校教諭を定年退職
日本ペンクラブ会員
「ボクの世界」関西文学　昭和57(1982)年3月号
「化石」関西文学　昭和59(1984)年2月号
「虚実皮膜」プロレス考　関西文学　昭和61(1986)年7月号
「千林商店街」観光の大阪　昭和63(1988)年4月号
「親父の年頃　高橋三千綱考」大阪文学散歩　関西書院　平成2(1990)年
『根来《ねごろ》から京《みやこ》へ』文芸社　平成20(2008)年

土の矢羽根―混乱の室町期を逞しく生きた男

2018年5月28日　第1刷発行

著　者　加納　劼
発行人　大杉　剛
発行所　株式会社 風詠社
〒553-0001　大阪市福島区海老江5-2-7
ニュー野田阪神ビル4階
Tel 06（6136）8657　http://fueisha.com/
発売元　株式会社 星雲社
〒112-0005 東京都文京区水道1-3-30
Tel 03（3868）3275
印刷・製本　シナノ印刷株式会社

ISBN978-4-434-24704-0 C0093